Poems of Emily Dickinson

我知道他存在

狄金森诗歌选

〔美〕艾米莉·狄金森 著

屠岸 章燕 译

图书在版编目（CIP）数据

我知道他存在：狄金森诗歌选 ／（美）狄金森（Dickinson,E.）著；
屠岸，章燕译．——北京：中央编译出版社，2013.8
ISBN 978-7-5117-1726-9

Ⅰ．①我…
Ⅱ．①狄… ②屠… ③章…
Ⅲ．①诗集-美国-近代
Ⅳ．① I712.24

中国版本图书馆 CIP 数据核字（2013）第 176919 号

选自 *The Complete Poems of Emily Dickinson*, edited by Thomas H. Johnson, London: Faber and Faber Limited, 1975

我知道他存在——狄金森诗歌选

出 版 人	刘明清
出版统筹	董　巍
选题策划	韩慧强
责任编辑	王媛媛
责任印制	尹　珺
出版发行	中央编译出版社
地　　址	北京西城区车公庄大街乙5号鸿儒大厦B座（100044）
电　　话	（010）52612345（总编室）　（010）52612363（编辑室）
	（010）66130345（发行部）　（010）52612332（网络销售部）
	（010）66161011（团购部）　（010）66509618（读者服务部）
网　　址	www.cctpbook.com
经　　销	全国新华书店
印　　刷	北京佳信达欣艺术印刷有限公司
开　　本	880毫米×1230毫米　1/32
字　　数	218千字
印　　张	12
版　　次	2013年8月第1版第1次印刷
定　　价	48.00元

本社常年法律顾问：北京市吴栾赵阎律师事务所律师　闫军　梁勤
凡有印装质量问题，本社负责调换。电话：010-66509618

艾米莉·狄金森像,摄于约 1847 年初。

艾米莉·狄金森诗作 "Wild Nights—Wild Nights" 的手稿。

童年时的狄金森像,约作于1840年。

阿默斯特镇狄金森的家宅。由艾米莉·狄金森的祖父母始建于1813年。

艾米莉·狄金森（左）与她的朋友凯特·司各特·特纳，摄于约 1859 年。

The Republican.

ORIGINAL POETRY.

The Sleeping.

Safe in their alabaster chambers,
Untouched by morning,
And untouched by noon,
Sleep the meek members of the Resurrection,
Rafter of satin, and roof of stone.

Light laughs the breeze
In her castle above them,
Babbles the bee in a stolid ear,
Pipe the sweet birds in ignorant cadences:
Ah! what sagacity perished here!
Pelham Hill, June, 1861.

"The Shadow of Thy Wing."

Weary of life's great mart, its dust and din,
Faint with its toiling, suffering with its sin,
In childlike faith my heart to Thee I bring,
For refuge in "the shadow of thy wing."

Like a worn bird of passage, left behind
Wounded, and sinking, by its faithless kind,
With flight unsteady, seeking needed rest,
I come for shelter to Thy faithful breast.

Like a proud ship, dismantled by the gale,
Her banners lost and rifted every sail,
In the deep waters to Thy love I cling,
And hasten to the refuge of Thy wing.

O Thou, thy people's comforter alway,
Their light in darkness, and their guide by day,
Their anchor 'mid the storm, their hope in calm,
Their joy in pain, their fortress in alarm!

We are all weak, Thy strength we humbly crave;
We are all lost, and Thou alone canst save;
A weary world, to Thy dear arm we cling,
And hope for all a refuge 'neath Thy wing.

艾米莉·狄金森 1862 年发表于《斯普林菲尔德共和日报》上的两首诗作（未署名）。

1971年美国邮政局发行的艾米莉·狄金森的邮票。

艾米莉·狄金森给希金森的第二封信和信封的手稿。在信中她首次表露出对牛顿先生和瓦兹沃斯先生的爱慕之情。

坐落于马萨诸塞州阿默斯特镇的狄金森之墓。

1890年出版的艾米莉·狄金森《诗集》第一卷封面。

从未成功的人们

从未成功的人们
认为成功最甜蜜——
要领略仙酒的滋味
须经最痛楚的寻觅

紫袍华衮的诸公
如今执掌着大旗——
他们谁也说不清
胜利的确切含义——

只有垂死的战败者
失去听觉的耳朵里——
才迸出这凯旋歌
如此痛切而清晰

狄金森诗
屠岸 译

译者手稿 1

灵魂选择自己的伴侣

灵魂选择自己的伴侣——
然后——把大门紧闭——
对于她，神圣的多数——
不用再考虑

无动于衷——她听见车马——停在
她低矮的门口——
无动于衷——一位皇帝在她的
席垫上跪求——

我了解她——从一个人口众多的国度——
选定了一位——
从此——把她注意力的闸门关闭——
像顽石一块——

狄金森诗
屠岸译

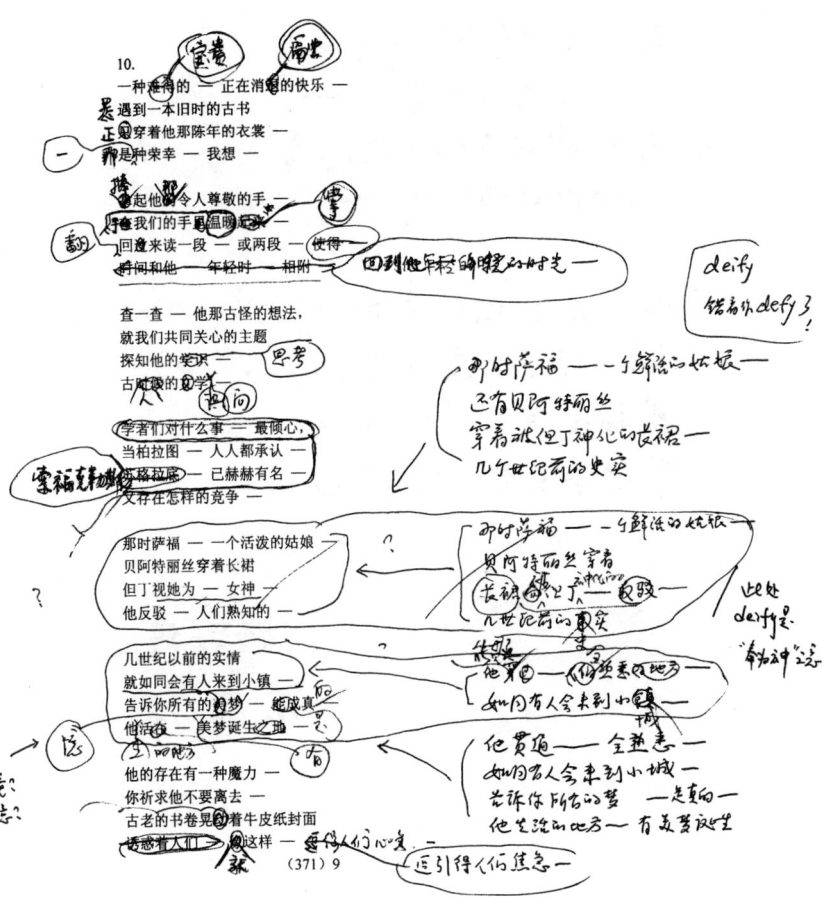

译者工作稿2

我认识大自然的一些子民
他们对我,也认识——
我感到同他们走流看
一种内心的诚挚——

但是不论结伴或独行
每次跟这个家伙相遇——
我还是觉得呼吸紧迫
觉得骨头里冷到零度——

狄金森诗

唐荫 译

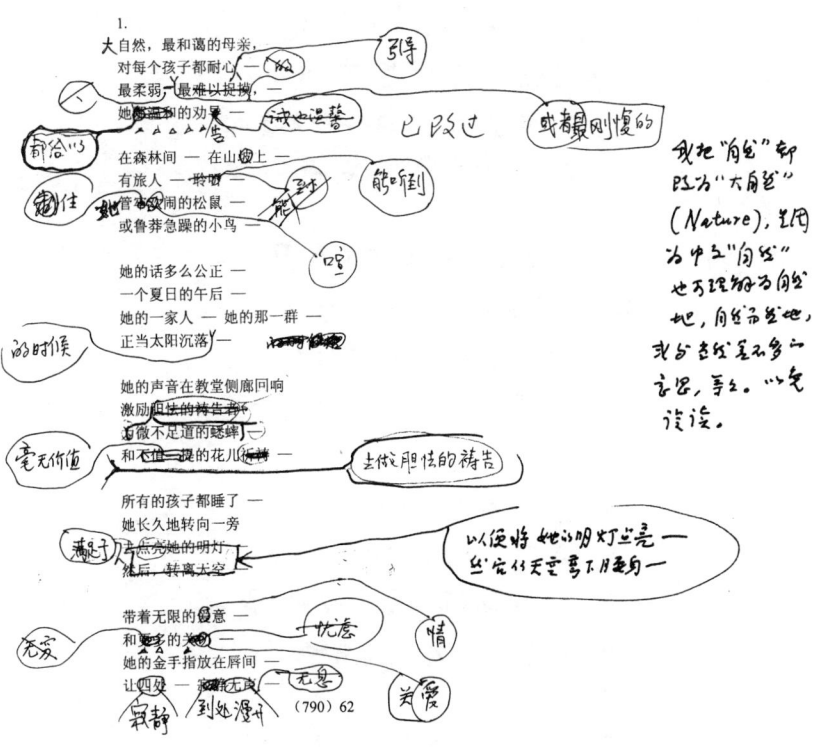

译者工作稿 1

一条细长细长的家伙

一条细长细长的家伙
偶然在青草丛里奔出——
你可能遇见过他——不是吗
他的出现是那么急促——

像有把梳子梳开了青草——
一支斑驳的利箭露出来——
你脚下青草重新合拢
又继续向前一路分开——

他喜欢那片沼泽地带
不宜栽种的冷坂田——
我还是赤脚孩子的时候——
曾不止一次在晨间

走过（我以为）一条鞭梢
如太阳底下松散的发辫——
我弯下腰去拾它起来
它却一缩身窜走不见——

译者手稿3

目 录

译序：诗，回归于心灵！　001

第一辑　生命

1. 假如回忆是忘记（33）　010
2. 从未成功的人们（67）　011
3. 我从未听见"逃跑"这个词（77）　012
4. 我们的生活是瑞士式的——（80）　013
5. 有些东西飞离——（89）　014
6. 我力所能及之处！（90）　015
7. 这是一艘小小的——小小的船（107）　016
8. 我们承受的黑夜——（113）　017
9. 和乞丐交谈要谨慎（119）　018
10. 灵魂，你是否再次下赌注？（139）　019
11. 一小块面包——一片面包——
    一粒面包屑——（159）　020
12. 受伤的鹿——跳得最高——（165）　021
13. "希望"是个长羽毛的家伙——（254）　022
14. 晚安！是什么吹灭了烛光？（259）　023

15. 我是无名之辈!你是谁?(288) 024
16. 我认识路那边几座孤寂的房屋(289) 025
17. 在我的目光被熄灭之前(327) 028
18. 我知道他存在(338) 030
19. 一种宝贵的——正在消融的快乐——(371) 032
20. 对于能明察秋毫的眼睛——(435) 035
21. 这是我给世界的一封信(441) 036
22. 我羞愧——我躲避——(472) 037
23. 厄运是一幢没有门的房屋——(475) 039
24. 我没有时间去恨(478) 040
25. 你无法将火扑灭——(530) 041
26. 最初——心灵要求欢乐——(536) 042
27. 我把力量握在手中——(540) 043
28. 经过痛苦来观看——(572) 044
29. 让困倦日子的尽头(604) 045
30. 欢乐啊——大风暴过去了——(619) 047
31. 脑筋——比天空更宽广——(632) 049
32. 痛苦——有一处空白——(650) 050
33. 每一样生活都(680) 051
34. 胜利姗姗来迟——(690) 053
35. 今天一个思想在我脑海中涌动——(701) 054
36. 生命,死亡,巨人——(706) 055
37. 多少次我以为和平已经到来(739) 056

38. 我从一块木板走向另一块（875） 057

39. 如果我能使心灵免于破碎（919） 058

40. 我感到思想中有一道裂痕——（937） 059

41. 临街的一扇门刚刚打开——（953） 060

42. 要死了——并未奄奄一息（1017） 061

43. 我每天都快乐幸福（1057） 062

44. 灰烬意味着火曾存在——（1063） 063

45. 超然于命运之上（1081） 064

46. 我们从不知晓自己有多高（1176） 065

47. 往昔是这么个奇妙的家伙（1203） 066

48. 有人说（1212） 067

49. 天国可是一位医生？（1270） 068

50. 我们害怕它，它就来临——（1277） 069

51. 禁果有一种风味（1377） 070

52. 假使凡人之口能推测（1409） 071

53. 希望是狡猾的贪吃者——（1547） 072

54. 他吞吃并饮下宝贵的词句——（1587） 073

55. 顺时间的奇异溪流漂下（1656） 074

56. 一副缺乏爱与善良的面庞（1711） 075

57. 试图拼力爬上岸（1718） 076

58. 我的生命在结束之前已两次告终——（1732） 077

59. 被时间绝好的厚绒布减缓（1738） 078

60. 那永远不会再来的事物（1741） 079

61. 沉默的火山（1748）　080

第二辑　自然

62. 有另一片天空（2）　082
63. 我有一只春天的鸟儿（5）　083
64. 只困惑了一两天——（17）　085
65. 一片萼，一瓣花，一根荆棘（19）　086
66. 她安睡在一棵树下——（25）　087
67. 新来的脚步在我的园中走动——（99）　088
68. 是否真有一个"清晨"？（101）　089
69. 小蜜蜂对我不惧怕（111）　090
70. 像孩子们对客人说"晚安"（133）　091
71. 或许你想买一朵鲜花（134）　092
72. 群山换了另一种容貌——（140）　093
73. 天空不能保守秘密！（191）　095
74. 一场可怕的风暴击碎了空气——（198）　097
75. 不会是"夏季"！（221）　098
76. 她用多彩的笤帚扫地——（219）　099
77. 今天——我来购买微笑——（223）　100
78. 你知道——我没有别的——带来（224）　101
79. 金色中燃烧，紫色中熄灭（228）　102
80. 太阳——刚刚触摸到清晨——（232）　103
81. 在冬日的午后（258）　105

82. 紫色的船队——轻轻摇晃——（265） 107

83. 这——是落日洗刷的——大地——（266） 108

84. 它就像亮光——（297） 109

85. 能够重复夏日的人——（307） 110

86. 我送出两个落日——（308） 111

87. 我会告诉你太阳怎样升起——（318） 112

88. 有人总在安息日去教堂——（324） 114

89. 一只小鸟落到小径上——（328） 115

90. 青草只做这点事——（333） 117

91. 我写出的所有字词（334） 119

92. 我知晓一处地域里的夏季（337） 120

93. 多少花儿在林中凋零——（404） 121

94. 身边若没有孤独感（405） 122

95. 风——如疲倦的人轻声敲门——（436） 124

96. 我早早动身——带着我的狗——（520） 126

97. 两只蝴蝶在正午出行——（533） 128

98. 黑浆果——侧身扎一根荆棘——（554） 129

99. 像巨大的脚灯——发出红光（595） 130

100. 在外国没啥不一样——（620） 131

101. 一条小路——不是人所修筑——（647） 132

102. 它的——名字——是"秋"——（656） 133

103. 我是否能自由飞翔（661） 134

104. 你已看到气球出发——看到吗？（700） 136

105. 月亮只是金盘的下颚（737） 138

106. 预感——是草坪上——长长的影子（764） 140

107. 大自然，最和蔼的母亲（790） 141

108. 一滴落在苹果树上——（794） 143

109. 春天里有一道亮光（812） 145

110. 大风开始撼动草丛（824，第二版） 147

111. 就是那只知更鸟（828） 149

112. 一片银色的旷野（884） 150

113. 对着我敏感的耳朵，叶子们——协商——（891） 151

114. 在一把巨大的椅子上端坐（975） 152

115. 一天正午，花开花落——（978） 153

116. 一条细长细长的家伙（986） 155

117. 树叶如同女人互换（987） 157

118. 假如我们取消寒霜（1014） 158

119. 他的嘴是螺旋钻（1034） 159

120. 比起另一种色彩（1045） 160

121. 一朵鲜花的——结局——盛开（1058） 161

122. 天空阴沉——流云低微（1075） 163

123. 蟋蟀唱歌（1104） 164

124. 我们爱三月（1213） 165

125. 如同绒布轨道上的一串车箱（1224） 166

126. 蜘蛛作为艺术家（1275） 167

127. 蟋蟀来临的时候（1276） 168

128. 亲爱的三月——请进——（1320） 169

129. 粉红——弱小——准时——（1332） 171

130. 一只蜜蜂驾着闪亮的马车（1339） 172

131. 老鼠是最直截了当的房客（1356） 173

132. 听起来像是大街在奔跑（1397） 174

133. 怎样的神秘渗透了一口水井！（1400） 175

134. 如此众多苦恼中的一点快乐（1420） 177

135. 夏季有两个开端——（1422） 178

136. 一颗露珠自我满足——（1437） 179

137. 小石头多么幸福（1510） 181

138. 如同悲哀难以察觉（1540） 182

139. 蝙蝠灰暗，翅膀褶皱——（1575） 184

140. 鸟儿准时带来她的乐音（1585） 186

141. 一阵风如军号吹响——（1593） 187

142. 一只鸟跳上他的马鞍（1600） 189

143. 不知道黎明何时来临（1619） 190

144. 琥珀色帆船静静地划走（1622） 191

145. 对于任何快乐的鲜花（1624） 192

146. 蜂蜜的家族（1627，第二版） 193

147. 夏季开始露出面容（1682） 194

148. 大地的高处我听见鸟鸣（1723） 196

149. 我的花儿中的"忘川"（1730） 198

150. 充满秘密的沼泽真可爱（1740） 199

151. 为创造牧场它搬来红花草和蜜蜂（1755） 200

152. 一列火车穿过墓地大门（1761） 201

第三辑 爱情

153. 有这样一个词语（8） 204

154. 当玫瑰已凋零，先生（32） 206

155. 心灵啊，我们将忘记他！（47） 207

156. 我的朋友一定是只鸟——（92） 208

157. 在我从未见过的大地上——他们说（124） 209

158. 你小小的心中是否有一条河（136） 210

159. 我的小河流向你——（162） 212

160. 如同有种北极的小花儿（180） 213

161. 可怜的小小的心儿！（192） 214

162. 我是"妻子"——我已将它完成——（199） 215

163. 玫瑰在她面颊上欢跳——（208） 216

164. 风信子若向蜜蜂恋人 (213) 218

165. 我的手中攥着珍宝——（245） 219

166. 夜夜下暴雨——夜夜刮狂风！（249） 220

167. 我说——这是——一件严肃的事——（271） 221

168. 如果我说我将不再等待，这又何妨！（277） 223

169. 你的财富——教给我——贫穷（299） 224

170. 盛夏的一天降临（322） 227

171. 月亮距离海洋很远——（429） 229

172. 我与他同住——我看见他的脸庞——（463） 230

173. 它生气勃勃（491） 232

174. 告诉他——到他那儿去吧！快乐的信笺！（494） 233

175. 我嫉妒他航行的大海——（498） 235

176. 他触碰过我，于是我生活着去认知（506） 237

177. 如果你在秋季到来（511） 239

178. 我曾经满怀着爱（549） 241

179. 我把自己给了他——（580） 242

180. 那是一次长久的分离——但是（625） 244

181. 你留给我——老爷子——两份遗产——（644） 246

182. 在所有经受创造的灵魂中——（664） 247

183. 她起身去为他做事——抛开（732） 248

184. 我的价值是我全部的怀疑——（751） 249

185. 我有个祝福，在我眼中（756） 251

186. 被爱的人无法死亡（809） 253

187. 劈开云雀——你会找到音乐——（861） 254

188. 我们长得快，不再需要爱，像别的东西（887） 255

189. 我把自己珍藏在花儿里（903） 256

190. 爱情——先于生命——（917） 257

191. 心灵被击打，不是用棍棒（1304） 258

192. 别让我用晨光的污点（1335） 260

193. 我只有这一个生命——（1398） 261

194. 看这小小的灾星——（1438） 262

195. 爱情一开始便已完结（1485） 263

196. 有时拥有一颗心（1680） 264

197. 我这里得到一支箭（1729） 265

198. 坟茔是我小小的农舍（1743） 266

199. 为我破碎的心自豪，因为你已将它击碎(1736) 267

200. 失去你——比获得我熟悉的（1754） 268

201. 天国的乐园遥远得（1761） 269

202. 多么迅捷——多么轻率——（1771） 270

第四辑 时间与永恒

203. 在这奇异的大海上（4） 272

204. 狂喜来自于内陆的（76） 273

205. 我们乐于坐在死者身边（88） 274

206. 口渴才学会，饮水（135） 275

207. 从一朵熟悉的花儿中（149） 276

208. 最终，要被确认！（174） 277

209. 我丢失了一个世界——在另一天！（181） 278

210. 长久的风雨中升起彩虹——（194） 279

211. 两个游泳者在挥拳搏斗——（201） 280

212. 上帝准许勤勉的天使——（231） 281

213. 我喜爱痛苦的神情（241） 282

214. 我见到过的唯一幽灵（274） 283

215. 我感觉头脑中，有一场葬礼（280） 285

216. 我推断，尘世转瞬即逝——（301） 287
217. 灵魂选择自己的伴侣——（303） 288
218. 它将我撞击——每天——（362） 289
219. 我去感谢她——（363） 290
220. 没有刑架能将我拷问——（384） 291
221. 对面的房屋中，发生了死亡（389） 293
222. 他们像雪片一样飘落——（409） 295
223. 我为美丽而亡——却不能（449） 296
224. 当我死去时——我听到苍蝇嗡鸣（465） 297
225. 这个世界并非终结（501） 299
226. 这不是死亡，因为我站起来（510） 301
227. 我见到濒死的目光（547） 303
228. 假如我拥有它——当它已死去（577） 304
229. 我们的旅程前行——（615） 307
230. 长长的——长长的睡眠——人人皆知的——
　　　睡眠——（654） 308
231. 不必成为寝室——让幽灵出没——（670） 309
232. 他们说"时间减轻痛苦"——（686） 311
233. 太阳不断沉落——沉落——（692） 312
234. 因为我不能停下来等待死亡——（712） 314
235. 我本想当我来时将她找到——（718） 316
236. 从空白到空白——（761） 317
237. 我在恐惧中生活——（770） 318

238. 对某些人来说死亡的打击是生命的击打（816） 319

239. 你这上天的主人啊——（817） 320

240. 宽敞造就了这张床——（829） 321

241. 我歌唱着去消磨这场等待（850） 322

242. 死亡是一场对话（976） 323

243. 濒死的人很少需求，亲爱的（1026） 324

244. 我从未见过荒野——（1052） 325

245. 灵魂总是仿佛驻足（1055） 326

246. 放下栅栏，啊，死亡——（1065） 327

247. 房间中的喧闹（1078） 328

248. 我们在隐退中获知（1083） 329

249. 她度过的最后一个夜晚（1100） 330

250. 一百年之后（1147） 333

251. 寂静的大街误引向（1159） 334

252. 大块的云团聚集（1172） 335

253. 坟茔不会因埋葬英雄（1256） 336

254. 那短暂的——潜在的扰动（1307） 337

255. 回望时间，带着慈和的目光——（1478） 338

256. 当我们前行时我们从不知道在行进——（1523） 339

257. 死亡像一只昆虫（1716） 340

258. 死者走过的距离（1742） 341

狄金森小传　342

译序：诗，回归于心灵！

艾米莉·狄金森(Emily Dickinson, 1830-1886)，美国19世纪中后叶一位深居简出、当时默默无闻的女诗人。她一生创作了近1800首诗，虽然在世时只有几首诗作问世，且全是匿名发表，然而，却在她身后引发并推动了英美现代主义诗歌的发展，成为美国诗歌史上为数不多的大诗人之一。但是，即便是在一个世纪之后的今天，她的很多诗对于当代的读者来说，仍然是一个难解的谜团。或许，诗的魅力即在于此，人们不断地去解读它们的意义，阐释它们的价值，发现它们的谜底，并在这个过程中体味诗的真意，理解诗的真情，往返于她诗中的简约与复杂、通达与神秘、晓畅与未知，最终人们发现，这些诗无不直达她的内心，成为她灵魂的声音。

狄金森生活的时代是美国历史上发展变化迅疾的一个时期，她创作力最为旺盛的1861—1865年又恰好是美国南北战争时期，纷繁复杂的世态、激进的废奴主义思想、萌动的女权主义言论在当时无不影响着人们的生活。尽管狄金森长期居住在新英格兰一个保守闭塞的小镇,但她不可能对这一切充耳不闻。但是,她的诗没有走向广阔的社会,而是转向她的内心,她的那个世界不是纷繁扰动、荡人心魄的大时代的天地,而是一个更加宽阔、自由、灵动的心灵宇宙。

这个宇宙中潜伏着她的人生。狄金森虽然没有过跌宕起伏的人生经历,但她有一颗敏感的心和善于想象与思考的头脑。这使得她对人生有清醒的认识,能够在平凡的人生中感受生活的冷暖,体悟人生的真谛。她在诗中说:"从未成功的人们/认为成功最甜蜜——/要领略仙酒的滋味/须经最痛楚的寻觅"。这是对古往今来多少怀揣着成功梦想的人们的坦诚相告,其中饱含着人生的苦痛,蕴含着深刻的人生启迪,更是她自己一生不懈追随诗神的心灵写照。狄金森生前没能见到自己的诗作得以出版,作为诗人的成功她从未体验到。尽管有人认为她并不想将自己的诗作公之于世,但她写诗绝非为自娱,她不断地希望寻找到她诗作的知音,渴望能寻觅到懂得她内心世界的知己,她也曾经主动和文学界、出版界的人联系,渴望有一天能够成功。但那"成功"并非胜利者举起的大旗,而是流淌着鲜血的垂死者耳畔隐隐响起的胜利鼓声。成功的喜悦夹杂着人生的苦难,绝望中见到的胜利曙光才饱含成功的滋味。然而,就是这样的滋味,狄金森终其一生也没能够品尝到!但,能够用一生去默默侍奉内心中的诗神,对于她,已经足够!于是她说:"我是无名之辈!你是谁?/你也是个——无名小卒?……/做个大人物——多么无聊!/就像一只蛙——不停地鼓噪——/整个六月——到处扬名——/冲着羡慕它的泥淖!"假如誉满天下不过是因随波逐流而进行的一时"鼓噪",风光过后只剩无聊的虚空,那么,她宁愿守候内心的一块净土,在寂静和坚持中走过一生。为此,她奋力追求精神的"逃脱",打破铁栅,奔向自由,尽管她明知那不过只是再一次的失败,她也无怨无悔!对于这位守候着心灵净土的女诗人来说,她的人生有过寂寞,有过悲伤,有过迷失,像"一艘小小的——小小的船",她的人生也是快乐的,有着多少常人不曾体验的乐趣,就像一颗星,黑暗过后,是"白昼的明亮",心中的希望"唱着没有歌词的曲子——/从来——都不歇息——"。

这个宇宙中有她的爱情。狄金森独居一生,可是谁又能说她没有体验过荡人心魄的爱情?在她的诗中有对爱情的明确表达和渴望,有时爱情像是拨动纯情少女春心的一阵轻盈的风,有时爱情如波涛,强烈地掀起了她心底的狂澜,有时爱情深深地埋藏于她的灵魂深处,自心底发出低回婉转的乐音,久久回荡……爱情撞击过她心灵的大门,进入过那片心的天地:"我曾经满怀着爱,/我带给你明证/直到我爱过/我才过得——充实——"。然而,爱情于她来说,并不都是"充实"、"甜蜜"、"欢快"的,相反,炽热的情感常常与不安的疑虑交织在一起,埋藏在她的心底。对于爱情,她期盼而又怀疑,渴求而又拒绝,向往而又逃避,她为爱情的到来感到幸福、欢快,也因为爱情而失望、犹疑。内心的渴望促使她表白:

我的小河流向你——
蓝色的大海!你可欢迎我?
我的小河等待回答——

啊，大海——看上去如此温和——
我要带给你溪流
从斑斑点点的山旮旯儿
说啊——大海——请带我走！

　　诗人那条爱的小河将向着宽广的爱的大海流去，去寻找爱与爱的汇合，返回爱的归宿。然而，漫长的等待、内心的挣扎又呼唤她"心灵啊，我们将忘记他！/你和我——就在今晚！/我将忘记那亮光——/你会忘记他给予的温暖！"狄金森的一生曾经有过几位她爱恋过的人，他们或许只是她精神恋爱的对象，虽然她可能找到过爱的共鸣，她却只在心中暗恋着对方。在她生命的最后十来年，她可能已经走到了婚姻的边缘，但最终，爱情并没能真正进入她的现实生活。她将全部的情感留给了她理想中的爱人，只在心中独自体味着爱的激荡、爱的犹疑、爱的矛盾、爱的彷徨，这些都在她诗中获得了真实的表白和尽情的宣泄。

　　这个宇宙中有她看到、听到和感受到的大自然。狄金森从小热爱大自然，她的诗中以自然为题的作品最多见。然而，她的一生几乎没有走出过家乡的小镇，成年之后她终日闭门不出，与人们的交往少之又少，但她却从未停止过与自然的对话、交流，她的心时刻都与自然发生着碰撞，大到天空、海洋、高山、荒野，小到蜜蜂、小鸟、叶子、雨滴……都是她心灵的伴侣。她与它们说着话，和它们一起嬉戏欢闹。于是，"小蜜蜂对我不惧怕。/蝴蝶我也认识它。/林中那些可爱的居民/热情地将我接纳——"。她时常在家中的花园里散步,熟悉园中每一种植物,每一朵花,每一棵草,她还曾经采集过很多植物和花卉的标本,它们给她带来了无穷的快乐。尽管她足不出户,她却能感受到大自然的精魂,并将这种自然之魂与她的精神渴求联系在一起,因此,她说,

> 我从未见过荒野——
> 我从未见过海洋——
> 却知道石楠花的容貌
> 也了解翻滚的巨浪。

　　自然存在于她的心中,成为她心灵的友伴。然而,与华兹华斯认为自然有着能治愈人类精神创伤的力量不同,狄金森的自然既有超越现实的意味,同时又是平凡的、微妙的、生活化的,以至于作为主妇清扫庭院的家务活儿能翻飞着斑斓的自然色彩:"她不断挥动斑斓的笤帚,/围裙不断地飞舞,/直到笤帚轻轻汇入星群——",空中的闪电也成为餐桌上的刀叉;有时自然又充满强力,狂躁得毫不留情,如"一场可怕的风暴击碎了空气——";有时它甚至是冷漠而生疏的,草地中一条冷不丁出现的"细长的家伙"——蛇,会让她的骨头冷到零度。

　　这个宇宙中有对生命与死亡的体悟。狄金森很小就开始体验到死亡的临近。由于体弱多病,加之身边的朋友亲人的故去,她常常感到死亡对生命的威胁,生命是那样短暂而脆弱,死亡却是如此强大而长久。她对生命有一种渴求,但死亡时时在困扰着她,使她

无法摆脱，令她感到畏惧。死亡是孤寂而冷漠的："死亡那寂寥的冷漠——/ 曙光——也不能激发——"。然而，她对死亡的思考又使她认识到，人的出生即伴随着死亡，死亡或许是另一种生命的开始，她将二者看作一种循环，生命在死后才产生意义，获得新生：

> 对某些人来说死亡的打击是生命的击打
> 他们直到死去，才变得有了生气；
> 他们生活过，死去过，可只有
> 当他们死去，生命才开启。

对生与死的感悟常使狄金森抱有一种宗教情怀。但她对宗教的情感是充满矛盾的，她从没有真正皈依任何宗教，从不上教堂做礼拜，却常常在内心中直面上帝，与上帝直接交流与对话，聆听他的教诲，期盼他的引领。在这个意义上，死亡或许是引导她通往人生"彼岸"的一扇大门，能使她获得生命的超越和灵魂的永生。因而，死亡的击打能使人生重新踏上生命之旅，成为对生命的呼唤和敲击，在此，诗人将死亡视为友人，引为知己。生命开启之时便由死亡之友相伴在身边，他俨然像一位彬彬有礼的绅士，陪同她悄然度过漫漫人生去追寻超越此生的不朽灵魂。

狄金森的诗是一种心灵的跳荡，主题多样，且交织缠绕，充满动感和灵性。有时一首诗中包含着难以确定的内涵，可以做多种解释，往往给人以不确定的、含混而飘渺的感觉。但这些诗无不触及她的内在心绪，仿佛心在瞬间与外面的世界或与想象的世界发生碰撞，擦出闪电般的火光，顷刻便转瞬即逝，但余光尚在，久久回荡在人们的脑海和心田。

在诗的形式上，狄金森对传统诗歌形式的突破使得她的诗看上去似乎没有了章法：诗中一般没有通常传统诗中所惯用的标点符号，比如逗号、句号，而一律改用小横杠来替代。有人认为是破折号，但似乎又不像是标准的破折号，或许它们只是随手在涌动的思绪或直觉感悟的瞬间写下的，代表了多种可能性。大小写字母的运用有时是不合规矩的，有时在诗中的某个地方她连续使用大写的字母或单词；省略句、不完整句、破碎的诗行、不合语法的复合句也常常出现在诗中，或许那是她感受语言的束缚而难以表达心绪的结果，心灵的动荡本来也不必用准确的标点来规范，也无法用规范的语言来表达。

本选本所选诗作均出自由托马斯·约翰孙（Thomas H. Johnson）编辑，费伯出版社1970年出版的《艾米莉·狄金森诗全集》（*The Complete Poems of Emily Dickinson*）。约翰孙的《艾米莉·狄金森诗全集》迄今为止仍然被公认为狄金森诗歌的最权威版本。此外，在主题分类的编选方面，本译本参考了由比利·柯林斯（Billy Collins）作序，纽约现代图书馆出版社2000年版的《艾米莉·狄金森诗选》（*The Selected Poems of Emily Dickinson*）。国内目前已经出版的狄金森诗歌译本有多种。20世纪80年代湖南人民出版社的"诗苑译林"书系就出版了由江枫翻译的《狄金森诗选》，以后他的译作又多次再版，对国内读者了解、认识狄金森诗歌起到开拓的作用。此后又有吴钧陶、蒲隆等译本的出现。今天，国内读者对狄金森已经不再陌生,各种译本均有不同风格和特点,要全面超越是很难的,甚至是不可能的。我们在翻译的过程中参考了前人的译作,在学习借鉴的基础上,力争译出自己的风格特点。首先,在诗的形式上,本译本保持了约翰孙《艾米莉·狄金森诗全集》版本中原诗的形式特征,保留并尽可能依照原来的标点进行翻译而不做改动。在韵式方面,狄金森的诗对英诗中传统格律诗的音韵形式多有较大突破,但她的诗并不是无韵的自由体诗。她的诗大多采用了或押全韵,或押半韵、邻韵,甚至押视韵、非重音韵等的押韵方式。这种灵活多变的押韵方式在译诗中是很难体现的。本译本尽量采用隔行押韵的方式,但不勉强,而力求达到音韵自然流畅又不乏诗歌乐感的效果。总之,狄金森的诗在形式方面既不遵从传统格律英诗的形式,又非完全的自由体诗。本译本尽量移植了她的这一体式。在风格方面,她的诗虽然带有一定抒情意蕴,但更多体现出跳跃、灵动、隐秘、幽默的风格特点,有些语言表达不符合正常的语法规范,其效果却是把读者拉入创作的过程,要求读者在阅读其诗歌时赋予更多敏感性和悟性,这样才能在想象中获得对她诗作的解读。在翻译过程中,我们尽力传达出她诗作中的这些风格特点,但是否做到了?这,我们只有虚心聆听读者的评判,并希望方家给予指正。

译 者

2013 年 5 月 31 日

第一辑 生命

Poems of Emily Dickinson

1

假如回忆是忘记（33）

假如回忆是忘记，

那么我不再记忆；

假如忘却即回忆，

我几乎已经忘记！

假如思念是乐事，

假如哀悼是欢笑，

那么采撷这些的手指

是多么愉快，在今朝！

2

从未成功的人们（67）

从未成功的人们

认为成功最甜蜜——

要领略仙酒的滋味

须经最痛楚的寻觅

紫袍华衮的诸公

如今执掌着大旗——

他们谁也说不清

胜利的确切含义——

只有垂死的战败者

失去听觉的耳朵里——

才迸出遥远的凯旋歌

如此痛切而清晰！

3

我从未听见"逃跑"这个词（77）

我从未听见"逃跑"这个词
而不感到热血沸腾，
一个瞬间的期待，
一个飞逝的姿态！

我从未听说宽敞的牢狱
被士兵毁坏，
但我幼稚地努力挣脱铁栅
只为了再次失败！

4

我们的生活是瑞士式的——（80）

我们的生活是瑞士式的——
多么安静——多么清凉——
直到某个奇特的下午
阿尔卑斯山忘记了它的帷幕
我们便能向更远的地方瞩目!

意大利站在另一边!
如同二者间的卫士——
庄重的阿尔卑斯山巅——
迷人的阿尔卑斯山脉——
总是搅扰在二者之间!

5

有些东西飞离——（89）

有些东西飞离——
小鸟——时间——野蜂——
对这些都不唱哀曲。

有些东西驻足——
悲伤——山岗——永恒——
这些不是我的义务。

有些静止不动的,会升起。
我能否阐释上苍?
这个谜多么悄无声息!

6

我力所能及之处！（90）

我力所能及之处！

我原本会触及！

我原可能会尝试那条路！

轻轻地漫步穿过村子——

轻轻地走开去！

未曾想到的紫罗兰

走进了草地——

对于在此路过的奋力的手指尖

太迟了，一小时之前！

7

这是一艘小小的——小小的船（107）

这是一艘小小的——小小的船
摇晃着驶下海湾！
这是一片宽敞——辽阔的海
将小船召唤！

这是一阵贪婪的，贪婪的巨浪
沿着海岸将它吞卷——
庄严的航行从不会猜到——
已经迷失了，我的小船！

8

我们承受的黑夜——（113）

我们承受的黑夜——
我们迎来的晨光——
我们蔑视中的缺失
我们对幸福的补偿——

这里一颗星，那里一颗星，
有些迷失了方向！
这里一团雾，那里一团雾，
然后——白昼的明亮！

9

和乞丐交谈要谨慎(119)

和乞丐交谈要谨慎

谈谈"波托西"[1],说说采矿!

对饿汉讲话要恭敬

聊聊美味佳肴再加酒浆!

和囚犯说话要小心,带暗示

你已经走过解放了的脚底板!

地牢中飘来的趣事

有时证明为极度地甘甜!

---

[1] 波托西,玻利维亚中南部城市。附近山中有巨大的银矿,为世界重要银产地。

10

灵魂,你是否再次下赌注?(139)

灵魂,你是否再次下赌注?
仅凭这一次冒险
千百人失掉机会——
而几十人已赢得全般——

天使屏息投票
犹疑着将你载入——
小魔鬼急切地开密会
抽彩买去我的魂魄!

11

一小块面包——一片面包——
一粒面包屑——（159）

一小块面包——一片面包——一粒面包屑——
一点信任——一只细口大酒瓶——
就能使灵魂充满活力——
不要大胖子,当心!而要呼吸——温暖——
清醒——像老拿破仑,
戴上王冠的前夕!

一种谦卑的命运——小小的名誉——
一场阵痛与快乐的短暂战役
就很丰富!充足!
水手的职责是找寻海岸!
士兵的职责——打炮弹!谁若想多要,
必定要寻求邻居的生命!

受伤的鹿——跳得最高——(165)

受伤的鹿——跳得最高——
我听猎人这样说——
那只是死亡的极度欢乐——
然后闸断了,停车!

受击打的岩石喷出石浆!
被踩压的钢板跳动不停!
脸颊总是更红
正因潮热引起了灼痛!

欢乐是大悲痛的铠甲——
它小心地用欢乐来武装
免得有人窥见鲜血
就大叫"你受了伤!"

13

"希望"是个长羽毛的家伙——（254）

"希望"是个长羽毛的家伙——
在灵魂上栖息——
它唱着没有歌词的曲子——
从来——都不歇息——

一阵强风——传来最甜美的歌声——
痛楚必定形成暴风雨——
令小鸟儿局促不安
却使众人感到暖意——

在最寒冷的大地上——
在最奇异的大海我听见它唱歌——
可是啊，在绝境中，它也
从未讨要面包屑——向我。

14

晚安！是什么吹灭了烛光？（259）

晚安！是什么吹灭了烛光？
嫉妒的西风——无疑——
啊，朋友， 你不知悉
在那天国的灯芯上——
天使们——辛勤劳作了——多久
此刻——才熄灭——为了你！

或许——它曾是灯塔的闪光——
水手——在黑暗中划船——
极度渴望看到它！
或许——它曾是暗淡的灯
曾照亮营地的鼓手
奏响更清亮的起床鼓声！

15

我是无名之辈!你是谁?(288)

我是无名之辈!你是谁?
你也是个——无名小卒?
那我们可是天生一对?
别声张!你知道——他们会大肆宣扬!

做个大人物——多么无聊!
就像一只蛙——不停地鼓噪——
整个六月——到处扬名——
冲着羡慕它的泥淖!

16

我认识路那边几座孤寂的房屋（289）

我认识路那边几座孤寂的房屋

打劫者喜欢它的样子——

四周围着木栅栏，

低矮的窗户，

引人进入

一个门厅，

有两位悄悄爬进——

一个——拿着工具——

一个四下偷窥——

确定所有人都睡着了——

老式的眼睛——

不容易使人吃惊！

夜里，厨房看上去很整齐，

只有一只时钟——

他们堵住它不让滴答转动——

老鼠不会吱吱叫——

墙壁——别说话——

没有人——会出声——

一副半打开的眼镜只一动——

年历有了觉察——

是一张席子吗——眨着眼睛——

还是一颗害羞的星?

月亮——斜洒在台阶上,

想看看是谁在那儿!

有人打劫——哪儿——

大酒杯, 还是勺子——

耳环——还是宝石——

一只表——一枚老式的胸针——

奶奶戴上, 很般配——

她在那里——甜睡——

白天来了——喀嚓喀嚓行进——
又——偷偷地——溜掉
太阳已经升起老高
触到第三棵西克莫树梢——
雄鸡尖声叫
"谁在那儿？"

回声——拖得很远——
嘲笑说——"在那儿"！
老两口刚刚起身，
幻想着朝阳——让门儿半开着——

17

在我的目光被熄灭之前（327）

在我的目光被熄灭之前
我同样喜欢看究竟——
像其他生灵，有眼睛
并且知晓没有别的途径——

但假如有人告知我——今天——
我会拥有天空
向我展开——我对你说我的心
将撕裂，按我的尺寸——

草地——我的——
群山——我的——
所有的森林——没有涯际的星星——
在我有限的视力之间

我能获得最高的多数——

鸟儿窜浪的动态——
清晨琥珀色的道路——
为我——我乐意就能观看——
这消息将我击垮——

用我的灵魂——猜想——更牢靠
它倚在窗格旁——
别的生灵四下里注目——
轻率地——撒下阳光——

18

我知道他存在(338)

我知道他存在。
于某处——在寂静中——
他让他非凡的一生
躲避我们粗俗的眼睛。

这是一场片刻的游戏。
这是一次天真的伏击——
只教极度的幸福
赢得她自己的惊喜!

然而——假如这游戏
证实刺穿了真诚——
假如这欢乐——在死亡——
僵硬的——凝视中——呆滞无神——

这乐子看上去

岂不会太昂贵!

这玩笑岂不会

爬行得太远!

19

一种宝贵的——正在
消融的快乐——(371)

一种宝贵的——正在消融的快乐——
是遇到一本旧时的古书
正穿着他那陈年的衣裳——
那是一种荣幸——我想——

捧起他那令人尊敬的手——
温暖于我们的手掌——
翻回来读一段——或两段——
回到他——年轻的时光——

查一查——他那古怪的想法,
就我们共同关心的主题
探知他的思考——

古人的学问——

当柏拉图——人人都承认——
索福克勒斯——已赫赫有名——
学者们对什么事——最倾心,
又存在怎样的竞争——

那时萨福——一个鲜活的姑娘——
还有贝阿特丽丝
穿着被但丁神化的长裙——
几世纪前的史实

他贯通——全熟悉——
如同有人会来到小城——
告诉你所有的梦——是真的——
他生活的地方——有美梦诞生

他的存在有一种魔力——

你祈求他不要离去——

古老的书卷晃着牛皮纸封面

就这样——逗引得人们焦急——

20

对于能明察秋毫
的眼睛——(435)

对于能明察秋毫的眼睛——
许多疯狂是最神圣的感觉——
许多感觉——是全然的疯狂——
此事如同所有事一样
得到多数,才能获胜——
同意——你头脑清醒——
持异议——你立刻危险——
要受铁链操纵——

21

这是我给世界的一封信（441）

这是我给世界的一封信
它从不给我回函——
大自然发出的简单讯息——
带着温和的壮观

她把信息传递到
我看不见的手中——
为了她的爱——亲爱的——同乡——
请以慈悲心将我——判定

22

我羞愧——我躲避——（472）

我羞愧——我躲避——

做一个新娘——我有什么权利——

如此迟缓的没有嫁妆的姑娘——

我昏眩的脸庞无处躲藏——

没人教我这尚且生疏的仪态，

没人引荐——我的灵魂——

怎样——告知——我去佩戴——

小饰品——让我美丽起来——

羊绒做的衣物——

绝不穿灰褐色的礼服——

还有——盛装——高卷的发型——

让我——我的灵魂——享用——

手指——盘起圆形的发式——

椭圆的——像封建时代的女子——

久远的时尚——美丽——

似伯爵抬起眉毛——技艺——

像夜鹰——发出吁请——

如珍珠——予以证明——

然后,表现出性情——

若不是天国已如此邻近——

似乎选择了我的大门——

距离就不会困扰我的心——

我原本不抱希望——曾经——

但只听见天恩离去——

我从未想到去目睹——

双重的损失折磨着我——

失去了——对于我已失去——

23

厄运是一幢
没有门的房屋——（475）

厄运是一幢没有门的房屋——
人们顺着阳光进入——
然后梯子被扔到一旁，
因为逃脱——已经结束——

房屋外面的人做着美梦
命运因此变得不同——
那里松鼠在玩耍——莓子凋零——
铁杉——向上帝——鞠躬——

24

我没有时间去恨（478）

我没有时间去恨，
因为，
坟墓会阻止我——
生命
并不充裕
让我结束——敌意——

我没有时间去爱——
但既然，
必须作出努力——
付出一点爱的辛劳，
我想，
对我已经足够——

25

你无法将火扑灭——（530）

你无法将火扑灭——
没有风扇，它能自己
点燃，自己行走——
在漫长的黑夜里——

你无法将洪水卷起——
放进抽屉里面——
风会把它找到——
告知你的杉木地板——

26

最初——心灵要求欢乐——(536)

最初——心灵要求欢乐——

接着——祈求免除痛苦——

然后——要一点镇痛剂

把苦难消除——

之后——去睡觉——

之后——假如那就是——

裁判官的意愿——

请给予特权——死——

27

我把力量握在手中——（540）

我把力量握在手中——
向世界抗衡——
这与大卫的抗争不同——
但是我——比他更加勇猛——

我用鹅卵石对准——但是
只有我一个人摔倒——
是歌利亚[1]——过于强大——
还是我自己——微不足道？

---

[1] 《圣经》中被大卫杀死的巨人。

28

经过痛苦来观看——（572）

经过痛苦来观看——
快乐——变成图画——
更加美丽——因为怎么也
不可能得到它——

大山——从远处眺望——
在琥珀中——伸展——
走近了——琥珀轻快地——跳动——
原来是——蓝天——

29

让困倦日子的尽头（604）

让困倦日子的尽头

多么好啊——转向我的书籍——

这有一点清心寡欲——

痛苦——逃脱了——在赞美里——

如调味品——欢迎迟来的宾客

招待他们——用筵宴——

如香料——让时间兴奋

直到关闭我的小图书馆——

书之外——可能是荒野——

响起失败的人们遥远的脚步声——

然而假日——把夜晚排除——

钟声回荡——来自书中——

我感谢这些架子上的亲戚——
他们小羊皮的面貌
使人迷恋——带着期盼——
让人满足——已经得到——

30

欢乐啊——
大风暴过去了——（619）

欢乐啊——大风暴过去了——

四人——重返家园——

四十人——一起沉寂——

落至喧腾的海滩——

钟响起——为那匮乏的救助——

笛长鸣——为那些美丽的灵魂——

邻人——伙伴——新郎——

在沙洲不停地转身——

当冬季撼动大门——

他们怎样讲述这次海难——

直到孩子们催问——

那四十个——

他们——再没有返还？

寂静——沉浸在故事中——

沉默——是讲述者的眼睛——

孩子们——不再提问——

只有大海——发出回声——

31

脑筋——比天空更宽广——（632）

脑筋——比天空更宽广——

因为——将二者并列起来——

一个将会容纳另一个——

不费力——也将你容纳——此外

脑筋比大海更深沉——

因为——抓住这二者——蓝紧挨着蓝——

一个将会吸收另一个——

像海绵——像水桶——一般——

脑筋恰好是上帝的重量——

因为——举起二者称一称——一磅对一磅——

二者有不同——假如是这样——

有如音节不同于音响——

32

痛苦——有一处空白——(650)

痛苦——有一处空白——
它已记不得
何时开始——或曾经有过
不存在的时刻——

它没有未来——只有它本身——
它无限的疆域包含
它的过去——受到开导去发现
痛苦的——新阶段。

33

每一样生活都（680）

每一样生活都

得到表现——保持安静——

一个目标

存在于每一种人类的天性——

或许——它几乎不能呈现自身——

太美了——

以至于可靠的推测——

都不能损毁——

受到谨慎的崇拜——如同冷漠的上苍——

要到达那里

没希望，像彩虹的衣裳

无法触及——

然而坚实地——向前——朝着远方——
多么高远——
面对圣徒缓慢的勤勉——
即是苍天——

或许——一生卑微的冒险——无所获——
但之后——
永恒——再一次——
促成奋斗。

34

胜利姗姗来迟——（690）

胜利姗姗来迟——

俯首送至冰冷的唇边——

过于迷恋冰霜

无法将它品尝——

它的味道本该多么甘甜——

尝一滴也行——

上帝如此节俭？

他的佳肴摆放得过高——

除非我们踮起脚——

面包屑——喂那几张小嘴——

樱桃——知更鸟爱吃——

老鹰金色的早餐将他们——扼杀——

上帝向麻雀保证——

谁缺少爱心——就去挨饿吧——

35

今天一个思想在我脑海中涌动——(701)

今天一个思想在我脑海中涌动——
这想法曾经闪现——
它并未消失——从某条路返回——
我不能确定是在哪一年——

不知它曾去何方——又为何
再次来到我心中——
这想法是什么,我无法确定——
没有本事说清——

可我知道——在我灵魂的某处——
我曾经与这东西相遇——
它只给我提个醒——结束了——
便不再回眸,翩然离去——

生命,死亡,巨人——(706)

生命,死亡,巨人——
这些——寂静无声——
不重要的——仪器——磨坊的料斗——
烛光边的甲虫——
或一支横笛的名誉——
因它们偶然公开声明而——继续生存

37

多少次我以为和平已经到来（739）

多少次我以为和平已经到来，
实际上和平却遥不可及——
就像遇难的人们——身处茫茫大海
总以为望见了陆地——

挣扎得松懈了——却只是为证实
像我一样毫无希望——
在到达港湾之前——
曾有多少虚幻的海岸出现——

38

我从一块木板走向另一块（875）

我从一块木板走向另一块
一路缓慢而谨慎；
我知道头顶上有星星闪耀
脚边是大海无垠。

我并不知晓下一步
就是最后的距离——
它给予我危险的步履
人们称之为阅历。

39

如果我能使心灵免于破碎（919）

如果我能使心灵免于破碎
我便没有虚度此生
如果我能抚平生活的伤痛
或者让痛苦降温

或救助一只昏厥的知更鸟
让它回到巢中
我便没有虚度此生。

40

我感到思想中有一道裂痕——（937）

我感到思想中有一道裂痕——
就像我的脑子劈裂开来——
我试图拼接——一块对一块——
却无法使它们相称。

我努力让后面的思想
与前面的思想汇聚——
但顺序却乱成一团，无声无息
就像许多皮球——滚散在地板上。

41

临街的一扇门刚刚打开——（953）

临街的一扇门刚刚打开——
我——迷路了——恰巧路过——
片刻的温暖敞开来——
还有财富——和同伙。

顷刻间那扇门紧闭——而我——
我——迷路了——恰巧路过——
双重的迷失——但相比之下——是全然——
告知——困顿的生活——

42

要死了——并未奄奄一息（1017）

要死了——并未奄奄一息

活着——没有生命

提出来要人们相信

这是最为艰难的奇迹

43

我每天都快乐幸福（1057）

我每天都快乐幸福
却对它几乎视而不见
突然我发觉它有些扰动——
我追逐它，它便扩展。

直到越过了顶点
它从我的视界退去，
超出我最宽广的疆域而增长
我才懂得去估算它的价值。

44

灰烬意味着火曾存在——（1063）

灰烬意味着火曾存在——
向那个灰堆表示敬意
为了那已经离去的事物——
此物曾经徘徊于此地——

最初的火存在于光中，
然后与光合为一体，——
只有化学家能揭示
它怎样溶进碳化物质。

45

超然于命运之上(1081)

超然于命运之上
这难以获取
它不受任何人的赐予
只可能每次

挣得少量收入
直到灵魂以严格的节省
坚持着到达天堂
这令她大为吃惊

46

我们从不知晓自己有多高（1176）

我们从不知晓自己有多高

直到我们被要求站起身

如果我们按计划行事

我们的高度就触到天空——

我们所说的英雄气概

不过是平常事一桩

假若我们不被肘尺扭曲

担心自己会成为君王——

47

往昔是这么个奇妙的家伙（1203）

往昔是这么个奇妙的家伙，
向着她的面孔直视
激情会承认收到了我们，
或者一件丢脸的事！

如果有人碰到她，毫无防备
我便责令他，快飞！
她那已经生锈的武器
或许还会回馈！

48

有人说（1212）

有人说
一个词一出口，
它就死了。

而我说
恰在这一日
它开始存活。

49

天国可是一位医生?（1270）

天国可是一位医生?
他们说"他"能治病——
但是人死后再下药
医治无效——

天国可是一个金库?
他们谈及我们的债务——
可我不是当事人
不必商量还款——

50

我们害怕它,它就来临——(1277)

我们害怕它,它就来临——
一旦它来了,恐惧便减轻
因为恐惧感如此长久
我对它几乎觉得亲近——

有一个配件——沮丧——
还有个配件——绝望——
知道它如此不易
明白它应当如此更难。

清晨它焕然一新
尝试它的最高限度
比起以全部的存在
将它捱过更加可怖。

51

禁果有一种风味（1377）

禁果有一种风味
守法的果园将它嘲笑——
豆荚中的豌豆多甘美
职责将它锁牢——

52

假使凡人之口能推测(1409)

假使凡人之口能推测
已经说出的片言只语里
那尚未呈现的沉重负担,
它就会被重量压得粉碎。

53

希望是狡猾的贪吃者——（1547）

希望是狡猾的贪吃者——
他享用佳肴美食——
然而——又仔细查看
其中哪些不能吃——

他的餐桌是温馨的——
只让一个人就餐——
无论吃掉的是什么
留下的却同样多——

54

他吞吃并饮下宝贵的词句——（1587）

他吞吃并饮下宝贵的词句——
于是精气神儿十足——
他知晓自己不再穷困，
他这身躯不再是尘土——

他在昏暗的日子里舞蹈
带来双翼的赠予
不过是一本书——自由
带来的放松的心绪——

55

顺时间的奇异溪流漂下(1656)

顺时间的奇异溪流漂下

不用划桨

我们被迫启航

港湾是个秘密

偶然是一阵狂风

什么样的船长

会招致风险

什么样的海盗会航行

而无需得到风的保证

也不要海潮进退的日程——

56

一副缺乏爱与善良的面庞（1711）

一副缺乏爱与善良的面庞，
恶意，冷酷，因成功而得意，
伴随着一块石头，这面庞，
感到十分安适，就好似
他们原本是老相识——
第一次偶然相聚在一起。

57

试图拼力爬上岸（1718）

试图拼力爬上岸
比溺亡更加可怜。
据说，下沉的人有三次
浮上来面向苍天，
然后便永远沉降
沉入那可恨的住所，
希望和他不再结伴——
他被上帝抓获。
造物主热忱的面庞
看上去无论多么善良，
我们须承认，人们都躲向一旁，
如同那是灾难一桩。

58

我的生命在结束
之前已两次告终——（1732）

我的生命在结束之前已两次告终——
然而它仍在期待
永生是否会为我
将终结再一次展开

这样的构想如此大而无望，
如同前两次的结束。
离别是我们所知的整个天堂，
也是我们所需的冥府之全部。

59

被时间绝好的厚绒布减缓(1738)

被时间绝好的厚绒布减缓,
伤痛显得挺光洁
它威胁过童年的避难所
并且侵蚀过岁月。

此刻被更加凄凉的悲哀切割,
我们嫉妒绝望
那被荒废了的童年王国,
如此易于恢复原状。

60

那永远不会再来的事物(1741)

那永远不会再来的事物
才使生活如此甜美。
相信我们不相信的东西
不能令人精神百倍。

假如这事物存在,最好
是一处磨损掉的庄园——
这能挑动起一种
恰好相反的欲念。

61

沉默的火山（1748）

沉默的火山
将从未沉睡的计划履行——
绝不向靠不住的人泄露
那些粉红色的工程。

假如大自然不把耶和华
说给她的故事向人讲述——
也没有一个人听——
人类的天性就不能存续？

受到她紧闭双唇的劝解
让那爱唠叨的人喋喋不休
大家只守住一个秘密——
那就是不朽。

第二辑 自 然

Poems of Emily Dickinson

62

有另一片天空（2）

有另一片天空，

总那样宁静而宜人，

有另一种阳光，

尽管黑暗降临；

别担心森林枯萎，奥斯丁，

别担心田野寂静——

这儿有小块林地，

枝叶永远碧绿翠青；

这儿有更明亮的花园，

从不会有风霜来临；

在永不凋零的花儿中

我听见快乐的蜜蜂低吟；

请吧，我的兄长，

到我的花园里来吧，请！

63

我有一只春天的鸟儿(5)

我有一只春天的鸟儿

为我鸣啭高歌——

春光充满诱惑。

当夏季悄悄走来——

玫瑰四处盛开,

知更鸟都飞走了。

我心中并不烦恼

知道我那小鸟儿

虽然飞到远方——

在大海的彼岸

为我学唱了新歌篇

将回到我身旁。

在更安全的手里
在更真实的大地
它们是我的——
虽然它们现在离去,
我说出犹疑的内心思绪
恐怕它们属于你。

在更宁静的辉煌中,
在更金色的亮光中
我看见
一点点怀疑和恐惧,
一丝丝不足道的冲突
都消失了。

于是我不会烦恼,
知晓我的小鸟儿
尽管飞走了
将在远方的树上
为我欢快歌唱
将回到我身旁。

64

只困惑了一两天——（17）

只困惑了一两天——
觉得难堪——不是恐慌——
在我的花园意外地
撞见一位姑娘。

她打招呼，林子便起身——
她点头，大家都跃动——
当然，这样的王国
我从未走进！

65

一片萼,一瓣花,一根荆棘(19)

一片萼,一瓣花,一根荆棘
在一个平常的夏日早晨——
一两只蜜蜂——一瓶露水——
一阵微风——树丛中的一次欢跳——
而我是一朵玫瑰!

她安睡在一棵树下——（25）

她安睡在一棵树下——
只有我还记得她。
我触摸她无声的摇篮——
她分辨出我的步伐——
穿上她深红色的衣衫吧，
　　看她啊！

67

新来的脚步在我的园中走动——（99）

新来的脚步在我的园中走动——
新来的手指在拨弄草皮——
榆树上的行吟诗人
流露出他的孤寂。

新来的孩子们在草地上玩耍——
未曾有过的困倦酣睡在草下——
沉思的春天依旧返回——
还有准点飘落的雪花！

是否真有一个"清晨"?(101)

是否真有一个"清晨"?
是否有这么个 "白天"?
我能否站在山上看清
假如我高高的像座大山?

它有没有根须像睡莲?
它有没有羽毛如小鸟?
它可是来自有名的国度
我却从来就不曾知晓?

噢,学问家!噢,水手!
噢,从天国来的聪明人!
请告诉我这小小的朝圣者
哪里有个地方叫"清晨"!

69

小蜜蜂对我不惧怕（111）

小蜜蜂对我不惧怕。
蝴蝶我也认识它。
林中那些可爱的居民
热情地将我接纳——

我来了，溪流笑得更响亮——
清风吹得更疯癫；
为什么我的眼睛被你的银色蒙上雾？
为什么啊，这夏季的一天？

70

像孩子们对客人说"晚安"(133)

像孩子们对客人说"晚安"
然后不情愿地转身而去——
我的花儿翘起可爱的唇——
然后穿起它们的睡衣。

像孩子们醒来就欢跳
快乐地迎接清晨——
我的花儿从小床里起身
偷看,又雀跃欢腾。

71

或许你想买一朵鲜花(134)

或许你想买一朵鲜花,
可是我绝不能够出售——
假如你想借去一朵,
那要等到水仙花——

在村中居民的门下
松开她黄色的绒帽,
直到蜜蜂从一排排红花草中
汲取霍克酒和雪利酒,

这时,我就借你一朵花
可是借出不超过一小时!

72

群山换了另一种容貌——（140）

群山换了另一种容貌——
推罗紫[1]光将村庄照耀——
黎明更广阔的日出——
草坪上更深沉的薄暮——
朱红色的脚印——
坡地上紫色的指痕——
飞蝇在窗玻璃上轻舞——
小径上再次出现的蜘蛛——

雄鸡高昂阔步——
野花盛开四处——
斧子在森林里尖声高唱——
无人踏过的路上羊齿味香——
这些，还有更多，我无法讲明——

那躲闪的一瞥你也心领——

尼科丹穆斯 ² 难解的提问

每年都得到回应！

---

1 推罗紫（Tyrian）：推罗是古代腓尼基的一个奴隶制城邦；推罗紫是那里产的一种染料。

2 尼科丹穆斯（Nicodemus），法利赛人，根据《圣经·约翰福音书》，他曾表示出对耶稣的喜爱，并与耶稣探讨问题。

天空不能保守秘密!(191)

天空不能保守秘密!
天空将秘密告知山峦——
山峦告知果园——
果园告知——水仙!

一只鸟儿——偶然——路过——
无意中听到事情的全部
假如我贿赂那只小鸟——
谁知道它是否向我转述?

我想——我不会这样做——
不知晓这些——更合适——
假如夏季是一条公理——
白雪会有怎样的魔力?

因此保守你的秘密吧——父亲!
即使能够——我也不会
去了解那些蓝色的伙伴,在你
新奇世界中的作为!

74

一场可怕的风暴击碎了空气——（198）

一场可怕的风暴击碎了空气——
云朵稀疏而贫瘠——
一朵黑云——如幽灵的披风
遮掩了天空与大地。

屋顶上那群家伙吃吃笑——
还向空中吹口哨——
又挥动拳头——
又牙关紧咬——
甩动狂怒的头发四处飘。

清晨洒阳光，鸟儿起得早——
那妖怪褪色的目光
缓缓转向故乡的海岸——
和平——即是天堂！

75

不会是"夏季"!(221)

不会是"夏季"!

那——已经过去!

但——"春季"来临——尚早!

要跨越——漫长的白色城镇——

此时乌鸦还没有歌唱!

不会是"濒临死亡"!

它太过红艳——

死者将穿白衣走上前——

于是落日用贵橄榄石手铐

将我的疑问锁闭!

76

她用多彩的笤帚扫地——（215）

她用多彩的笤帚扫地——
把碎屑扫到一旁——
在西侧傍晚的主妇——
回来，打扫池塘！

你将紫色的散线抛进——
又撒下琥珀的丝线——
这会儿你向着东侧
乱扔绿宝石衣衫！

她不断挥动斑斓的笤帚，
围裙不断地飞舞，
直到笤帚轻轻汇入星群——
我才悄然离去——

77

今天——我来购买微笑——(223)

今天——我来购买微笑——
只一个简单的微笑——
你脸上最小的一个
对我就足够适宜——
任何人对此不会在意
它闪耀着,如此渺小——
我在柜台前恳求——先生——
能否把它卖给我——
我手指上戴有钻石——
你知道什么钻石?
我有红宝石——像黄昏的血——
还有黄玉——像星星!
对犹太商人这是笔不错的交易!
说吧——我能不能买下——先生?

78

你知道——我没有别的——带来（224）

你知道——我没有别的——带来，
于是我总将这些带给你——
就像黑夜总是去摘取星星
送给我们熟悉的眼睛——

也许，我们不该对这些在意——
除非它们根本没来此地——
也许，这会使我们困惑
使我们找不到回家的路径——

79

金色中燃烧,紫色中熄灭(219)

金色中燃烧,紫色中熄灭
如猎豹跳跃到天上
在古老的地平线脚下
她斑驳的脸倒下死亡

俯身低矮得如水獭的窗子
给谷仓着色,摸摸屋顶
叫她的绒帽和草地亲吻
日光的魔术师不见踪影

80

太阳——刚刚触摸到清晨——（232）

太阳——刚刚触摸到清晨——

清晨——快乐欢畅——

假想他若来此居住——

生活一派春光！

她觉得自己无人能比——

飘逸、空灵、向上！

今后——对于她——多美的节日！

此刻，她拥有轮转的君王——

拖着——他高傲——闪亮的衣边——

慢慢——走过果园——

留下新的必需品！

渴望王冠！

清晨——摇晃着——蹒跚向前——

无力地感受——她的冠冕

她未曾涂膏的前额——

从此——她唯一的财产!

81

在冬日的午后（258）

在冬日的午后
有一束斜照的阳光——
强烈地压下，像大教堂
所奏乐曲的重量——

赋予我们天国的苦痛——
我们找不到伤疤
却在有意义的地方
找到内在的落差——

没有人会进行任何——教导——
这是封存的绝望——
威严的痛楚由大气
传到我们身上——

当它来临，大地聆听——

影子——屏住呼吸——

当它离去，它如同

观望死亡的距离——

82

紫色的船队——轻轻摇晃——（265）

紫色的船队——轻轻摇晃——

在水仙的海洋上——

异想天开的水手们——都加入——

然后——码头寂静无声响——

83

这——是落日洗刷的——大地——（266）

这——是落日洗刷的——大地——

这些——是黄色大海的沿岸——

从哪里升起——向何处冲击——

这些——是西方世界神秘的谜！

一夜又一夜

她的紫红色的运载

将蛋白色捆包撒在登陆处——

商船——在地平线上停稳——

入水——如金黄骊般绝迹！

84

它就像亮光——（297）

它就像亮光——

一种并不时尚的欢畅——

它就像蜜蜂——

经久不衰的——旋律悠扬——

它就像森林——

隐蔽的——如清风——

无声——却扰动

最骄傲的树丛——

它就像清晨——

最美——当一切都完成——

持续不断的钟声——

敲响——正午来临！

85

能够重复夏日的人——（307）

能够重复夏日的人——

比自身更强大——虽说

他是人类中最渺小的一个——

他——能够让太阳重生——

此时太阳渐渐降落——

我是指——它有了瑕疵——正徘徊着——

当东方已经过于强盛——

而西方——默默无闻——

他的名字——留存——

86

我送出两个落日——(308)

我送出两个落日——

白昼和我——来个赛跑——

我完成两个——还有几颗星——

而他——正将一个制造

他的更加宽广——而我的

正如我向朋友所说的——

是拿在手里

更为便捷的东西——

87

我会告诉你太阳怎样升起——(318)

我会告诉你太阳怎样升起——
每次都露出丝带一条——
塔尖在紫晶光中畅游——
这消息,像松鼠一样,奔跑——
山峦解开了绒帽带——
山雀已开始歌唱——
我轻轻对自己说道——
"那一定就是太阳!"
但他如何落山——我却不知晓——
似乎有一道紫色的阶梯
黄色的小小男孩女孩们
向上攀登不止——
直到爬上了另一侧,
身着灰衣的牧师——

轻轻地竖立起傍晚的围栏——

领着孩子们离去——

88

有人总在安息日去教堂——（324）

有人总在安息日去教堂——
我把这一天留在家中——
小鸟儿做唱诗班歌手——
果园做教堂的顶穹——

有人总在安息日穿上白法衣——
我只插上我的翅膀——
不去敲响教堂的钟声，
我们的教堂小司事——在歌唱。

上帝布道，一位有名的牧师——
说教从不会太长，
于是最终并未抵达天国，
我总是一直在路上。

89

一只小鸟落到小径上——（328）

一只小鸟落到小径上——
不知道我看见了它——
一口将蚯蚓啄成两段
将它生吃，吞下。

然后，喝一口身边
草丛中的露珠——
蹦跳着侧身来到墙根
给金龟子让路——

它的眼睛滴溜转动
匆匆扫视着四周——
看上去像受惊的珠子，我想
它晃动着毛茸茸的头

像落入险境，小心翼翼，

我喂它一小片面包

它展开羽翅

划行着飞回温暖的巢——

比双桨划开海水更迅捷，

耀眼的银白见不到裂缝——

比午时飞离河岸的蝴蝶更轻，

跳跃，游泳时没溅起水声。

90

青草只做这点事——（333）

青草只做这点事——

一片纯绿的存在——

只有让蝴蝶来孵卵

把蜜蜂来款待——

它整日摇动，应和着

清风吹来的快乐小调——

把阳光揽在膝头

对万物鞠躬弯腰——

整晚串着珍珠般的露滴——

将自己装点得真精致

公爵夫人太过平常

怎能引起如此注意——

即使它死了，——也在芳香中
传递出如此神圣无限——
像卑微的香料，躺下长眠——
或像甘松香油，渐渐消散——

然后，在至尊的谷仓落脚——
日子做梦般一天天溜掉——
青草只做这点事
我愿意是一捆干草！

91

我写出的所有字词（334）

我写出的所有字词

都不如这一个美丽——

天鹅绒般的音节——

厚绒布似的语句——

红宝石般的彩泽浓度，还没干，

隐藏着的，嘴唇，为了你——

玩耍的是一只蜂鸟儿——

只啜了一下——我——

92

我知晓一处地域里的夏季(337)

我知晓一处地域里的夏季

正同这经验丰富的严寒抗击——

她——每年——领雏菊返回——

简单地记载下——"曾失去"——

然而当南风吹皱了池水

在夹弄里搏击——

她的心因她的誓言感到疑虑——

她将柔和的歌词叠句倾吐

倾入硬石堆的山坳——

倾入香料——以及露珠里——

使它悄悄变硬成为英石——

贴近她琥珀的鞋子——

93

多少花儿在林中凋零——(404)

多少花儿在林中凋零——

或在山中枯萎——

再没有权利去获知

她们有多么美——

多少默默无闻的豆荚

随着最近的清风掉落——

不经意间乘上鲜红的货船——

成为别人眼中的景色——

94

身边若没有孤独感（405）

身边若没有孤独感

可能会更加孤寂——

我已如此习惯于我的命运——

或许有另一种——宁谧——

将会打扰黑暗——

并挤满小小的房屋——

用尺量——要容纳

他的——圣事——却远远不足

我不习惯于希望——

它可能会挤入——

它宜人的行列——会亵渎这领地——

注定要经历痛苦——

或许失败——有大地展现眼前——
比获取——我的蓝色半岛——
更加容易——去达到——
快乐中的——夭天——

95

风——如疲倦的人轻声敲门——(436)

风——如疲倦的人轻声敲门——
我像主人——大胆地回应
"请进"——于是它跨入
我居住的门庭

这迅疾——无脚的客人——
无法搬一把椅子请它
坐下,如同无法给空气
递过去一只沙发——

没有骨头将身子固定——
说话像无数只蜂鸟
在高高的灌木丛中
同时喷出的音调——

他的脸面——波涛一片——
当他穿过时,他的手指
奏起音乐——在玻璃上
敲响颤动的赞美诗——

他来造访——静静地疾飞——
然后像一个羞怯的人
再次轻轻地敲门——不安地敲——
我陷入孤寂的处境——

96

我早早动身——带着我的狗——(520)

我早早动身——带着我的狗——

去看大海——

深海岩层上的美人鱼

前来一睹我的风采——

三帆船——伸展着大麻般的

手掌——浮在海面——

把我看成一只小鼠——

在沙土里——搁浅——

没人将我撼动——直到

海潮淹没了我朴素的鞋子——

淹没了我的围裙——腰带

又没过了我的紧身衣——

似乎他要将我吞没——

一股脑儿吞没,我像蒲公英

袖口上的一颗露珠——

接着——我也疾速启程——

而他——他紧跟在后——

我感到他银色的脚跟

撞上我的脚踝——随即我的鞋

溢满了珍珠——

直到我们遇见这牢固之城——

他似乎一个人也不认识——

他用强大的目光——向我

行礼鞠躬——大海退去——

97

两只蝴蝶在正午出行——（533）

两只蝴蝶在正午出行——

翩翩起舞来到农庄——

然后径直穿越天空

栖息在一道光柱上——

接着——双双向下风飞行

飞临闪亮的大海——

尽管从未抵达避风港

没有人宣告它们的——到来——

假如有远方的鸟儿提起——

假如有商船或者艨艟

在苍天之海与他们相见——

这信息——不是为我——传送——

黑浆果——侧身扎一根荆棘——（554）

黑浆果——侧身扎一根荆棘——

但没有人听见他哭泣——

他还照样把他的浆果

给小男孩——给山鹑鸡——

有时他倚靠着篱笆——

有时他向一棵树奋进——

或用他的双手，紧抱岩石——

但他不为博得同情——

我们——讲述伤害——让心情平静——

相反——这哀伤者——攀向高天

伸展到稍稍遥远的境域——

黑浆果，何其大胆——

99

像巨大的脚灯——发出红光（595）

像巨大的脚灯——发出红光
在树丛的根部——
白天里远处的大戏
正在表演——向这些树木——

天地万物——鼓掌庆贺——
而那一群之中的——首领——
被他的皇家衣装所授权——
是我自己卓越的天神——

100

在外国没啥不一样——（620）

在外国没啥不一样——
四季——同样——适当——
清晨一直盛开到中午——
劈开了光焰的荚囊——

野花——在林中闪亮——
溪流——整日奔流不息——
乌鸫减轻了班卓琴的声音——
路过耶稣受难的髑髅地——

判决仪式——最后审判——
对蜜蜂是小事一桩——
他离开他的玫瑰花——
似乎才——感到悲伤——

101

一条小路——不是人所修筑——（647）

一条小路——不是人所修筑——
为了眼睛能观察——
为了蜜蜂的车辕——
为了蝴蝶的车驾——

如果小镇有路——伸向远方——
那就是——我说不清——
只叹息——隆隆驶过的马车
不会载我走那条路径——

102

它的——名字——是"秋"——(656)

它的——名字——是"秋"——
它的——颜色——血一样——
山坡上的——主干道——
一条静脉——沿大路流淌——

花园小径中——巨大的水滴——
啊,斑斑点点的阵雨——
当风——搅翻了水池——
溅出色彩猩红的雨——

淋湿了帽子——远在下方——
聚集起微红的水潭——
玫瑰般的漩涡——散开了——
洒向朱砂的轮盘——

103

我是否能自由飞翔（661）

我是否能自由飞翔
像草地上的蜜蜂一样
只去我想去的地方
没人来我这里造访

整日与毛茛调情
要是可能就与它结婚
有时在四处住一住
更好的，是逃奔

没有警察追逐
要追就将他追赶
直到他跳过半岛
离我而去远——

我说,"只做一只蜜蜂吧"
乘上空气的木筏
整天划行在乌有之乡
在"远离沙洲"之处停下

多自由啊!深陷牢狱的囚徒们
对此深信不疑。

104

你已看到气球出发——看到吗?（700）

你已看到气球出发——看到吗?
它们攀升得多么庄严——
如同天鹅——弃你而去
为了责任,好似钻石一般——

流动的底部轻轻伸展
在金黄色的海面——
踢开空气,对于这群显赫的生灵
这么做可太不体面——

它们的丝带越过了视线——
挣扎——喘口气——某些时光——
而人群鼓掌喝彩,——在下方——
它们不会再次上演——死亡——

那镀金的生灵扭曲着——旋转——

发狂般地绊倒在树间——

撕裂开她宏大的血脉——

翻滚着跌落于海面——

人群——诅咒着离开——

街上的灰尘——散失——

会计室的办事员发现

"那不过是气球一只"——

105

月亮只是金盘的下颚(737)

月亮只是金盘的下颚

在一两个夜晚之前——

现在她转过完美的脸

向下面的世界观看——

她的额头宽厚金黄——

她的面颊——是颗绿宝石——

她的眼睛镶进夏日的露珠

没什么能比她们更一致——

琥珀色的双唇紧闭——

然而她能够把笑颜

赠与朋友,那笑容定是

她那银闪闪的意愿——

可是她有怎样的特权

除了做一颗最遥远的星——

她的路途必定能经过

你的闪烁的大门——

她的帽子是天穹——

她的鞋——广宇——

星星——她腰带上的饰物——

她的蓝色的——碎花布——

106

预感——是草坪上——
长长的影子（764）

预感——是草坪上——长长的影子

暗示着太阳在降落——

并告知受惊的草地

黑暗——将在此经过——

107

大自然,最和蔼的母亲(790)

大自然,最和蔼的母亲,
对每个孩子都耐心引导——
最柔弱——或者最刚愎的,——
她都给以温和的劝告——

在森林间——在山上——
有旅人——能听到——
她管住喧闹的松鼠——
或鲁莽急躁的小鸟——

她的话多么公正——
一个夏日的午后——
她的一家人——她的那一群——
正当太阳沉落的时候——

她的声音在教堂侧廊回响

激励微不足道的蟋蟀

和毫无价值的花儿——

去做胆怯的祷告

所有的孩子都睡了——

她长久地转向一旁

以便将她的明灯点亮——

然后从天空弯下腰身——

带着无限的情意——

和更多的关爱——

她的金手指放在唇间——

让寂静——到处漫开——

108

一滴落在苹果树上——（794）

一滴落在苹果树上——

另一滴——落在屋顶——

有半打亲吻了屋檐——

让山墙笑个不停——

有几滴去帮助小溪

小溪又去帮助海洋——

我猜想它们要是珍珠——

会做成项链是啥样——

升起的路上，尘土不见了——

小鸟开玩笑地唱过了——

阳光扔掉了帽子——

灌木丛——扑腾着闪烁——

轻风带来沮丧的诗琴——
却欢快地给琴洗澡——
然后东方展现一面旗帜,
表示这样的喜庆退潮——

109

春天里有一道亮光（812）

春天里有一道亮光
一年中的其他时辰
它都不曾露面——
当三月刚刚降临

一种色彩在户外
孤寂的田野上落脚
科学不能将它超越，
却有人性能感到。

它在草地上等待，
向着最远的山坡
将最远的树照亮；
它几乎要向你诉说。

随着地平线迈步走

正午宣告离开，

没什么客套话，

它走过，我们留下来——

一种失落的品质

使我们无法满意

像交易忽然侵害了

圣事的神秘。

110

大风开始撼动草丛（824，第二版）

大风开始撼动草丛
发出低沉而骇人的曲调——
他将威吓抛向大地——
又抛向天空。

叶子自己脱离了树木——
开始飘向四处
尘土像双手把自己捧起
抛过了大路。

大篷车在街上疾驶
雷声促迟缓的人快跑——
闪电展示它黄色的尖嘴
然后伸出乌青的脚爪。

鸟儿在巢中搭起栏杆——
牲口逃回了棚中——
一大颗雨滴落下
接着，筑水坝的手掌

似乎只筑起一半工程
大水冲毁了天宇，
但漏掉了我父亲的房屋
只是劈开了大树——

111

就是那只知更鸟(828)

就是那只知更鸟
用一点儿——急促——快捷的报告
将清晨打扰
此时三月还没到——

就是那只知更鸟
将她天使般的亮嗓
溢满了正午
四月才刚刚起航——

就是那只知更鸟
在巢中不声不响
心里认为家——确定
圣洁的感情——最棒

112

一片银色的旷野(884)

一片银色的旷野
用沙滩这绳子
阻止它去抹掉
被称作陆地的印迹。

113

对着我敏感的耳朵,
叶子们——协商——(891)

对着我敏感的耳朵,叶子们——协商——
灌木丛——是一串铃——
我哪里都找不到清净
以躲避自然的哨兵——

假如我想要躲进山洞,
高墙——就开始宣称——
创造力好似巨大的裂缝——
使我能够显身——

114

在一把巨大的椅子上端坐(975)

在一把巨大的椅子上端坐
大山雄踞于平原——
他的观察向四处展开,
他的调查,十分周全——

四季在他的膝头玩耍
像孩子们围在长辈身边——
他是岁月时光的祖父
是黎明的祖先——

115

一天正午,花开花落——(978)

一天正午,花开花落——
这朵花——清晰而鲜红——
我在此经过,想到另一个正午
另一个与此不同

却将一样发光,我不再多想
只迎来另一个日子
去发现这一个种类消失了——
在同样的位置——

太阳就位——没有别的骗局
存在于大自然完美的总和——
假如我昨天只是徘徊——
这是不是我不曾挽回的指责——

此地和远处众多的花朵

于我的手中凋零

为寻求它的相似之物——

然而它伫立着未被靠近——

大地的唯一花朵

我无意中走过它身旁

伟大自然的面容

被我无数次地经过——

116

一条细长细长的家伙（986）

一条细长细长的家伙
偶然在青草丛里奔出——
你可能遇见过他——不是吗
他的出现是那么急促——

像有把梳子梳开了青草——
一支斑驳的利箭露出来——
你脚下青草重新合拢
又继续向前一路分开——

他喜欢沼泽地带
不宜栽种麦子的冷坂田——
我还是赤脚孩子的时候
曾经不止一次在午间——

走过（我以为）一条鞭梢
如太阳底下松散的发辫
我弯下腰去要拾起它来
它却一缩身窜走不见——

我认识大自然的一些子民
他们对我也认识——
我总感到同他们交流着
一种内心的诚挚——

但是不论结伴或独行
每次跟这个家伙相遇
我总是觉得呼吸紧迫
觉得骨头里冷到零度——

117

树叶如同女人互换(987)

树叶如同女人互换
全部的信任——
微微点着头,
稍作大胆推论。

这两种情形,双方
都秘密隐藏,——
不可侵犯的契约
声名远扬。

118

假如我们取消寒霜（1014）

假如我们取消寒霜
夏日将永不停息——
无论四季消亡还是获胜
我们都有选择的权利——

119

他的嘴是螺旋钻(1034)

他的嘴是螺旋钻

他的头,有帽子和帽檐

他对着每棵树木劳作

最终目标,把蠕虫抓获。

120

比起另一种色彩（1045）

比起另一种色彩

大自然更稀罕黄色

她为日落剩下一切金黄——

将蓝色大肆挥霍

她花费鲜红，像个女人

而黄色却用得节俭

还加以选择，

如同恋人的语言。

121

一朵鲜花的——结局——盛开（1058）

一朵鲜花的——结局——盛开
一瞥在无意间
几乎不会引人去猜想
那次要的事件

有助于欢快的事情发生
做得如此复杂难懂
然后如蝴蝶一般
受惠于达到顶峰——

包裹着花蕾——抗拒着蠕虫——
获得它对露珠的权利——
调整着热度——避开狂风——
从徘徊搜寻的蜜蜂逃离

大自然不会失望地等待

她到来的那一天——

成为一朵鲜花,这是

深切的责任的承担——

天空阴沉——流云低微（1075）

天空阴沉——流云低微。
一片雪花在漂游
跨过谷仓，越过犁沟
盘算着是否四处走走——

一股狭窄的风整日抱怨
对有人待他的态度不满；
大自然，有时候像我们一样，
被发现，她不戴王冠。

123

蟋蟀唱歌（1104）

蟋蟀唱歌，
太阳沉落，
工匠们一个个完成了
一天中焊接的劳作。

低矮的草丛沾满露水，
暮色如陌生人一般驻足
手持礼帽，恭敬而陌生
像要走开，又像停步。

一片广袤，如邻居，前来，
一种智慧，没有表情或名称，
一次和平，像熟悉的半球，
于是，黑夜降临。

124

我们爱三月（1213）

我们爱三月。

穿着紫色鞋——

鲜亮又高挑——

让小狗和小贩满身泥——

叫森林少雨而干燥

赤莲知道他来了

长出了斑点满身——

太阳这么近，这么强——

我们的头脑热滚滚——

他的消息盖过所有的新闻——

追随蓝鸟在他英国的青天

练习翻飞而逝去

这可真够大胆——

125

如同绒布轨道上的一串车箱(1224)

如同绒布轨道上的一串车箱
我听见蜜蜂平稳地飞临——
刺耳的嗡嗡声穿过花朵而去,
他们天鹅绒般的砖石工程

挺立着,直到芳香的攻击
消耗了他们的侠肝义胆——
而他,胜利者,斜向一边
向另一些盛开的花儿开战。

126

蜘蛛作为艺术家(1275)

蜘蛛作为艺术家
从来没得到雇用——
尽管他高明的优点
可随意得到印证

印证于基督教大地上的
每朵金雀花和布丽吉特姑娘——
天才的被遗忘了的儿子
我把你握在手上——

127

蟋蟀来临的时候(1276)

蟋蟀来临的时候

夏季还不曾离开——

而时钟轻轻地敲响时

我们知道回家的时刻已到来——

冬天来临的时候

蟋蟀却早已离去

而那可怜巴巴的钟摆

记录着神秘的光阴。

亲爱的三月——请进——（1320）

亲爱的三月——请进——

我多么开心——

我从前就期待你来——

摘下帽子吧——

你一定走了不少路——

这样气喘吁吁——

亲爱的三月——你好吗——其他人都好吗——

离开了大自然你还好吧——

三月啊,请跟我一起上楼来——

我有好多话要跟你说——

我收到了你的来信,还有鸟儿们——

枫树不知道你会来——直到我呼唤它们

我告诉你——它们的面庞多么红——

但是三月，请你原谅——还有
你留给我去着色的所有的小山——
没有合适的紫色——
你把紫色全都带走了——

谁在敲门？是四月！
快锁上门——
我不愿被打扰——
他离开了一年又来造访——
而我却很忙——
可只要你一来到
那些琐事就看似小事一桩

这样的指责就像赞美一样可贵
而赞美则微不足道如同责备——

129

粉红——弱小——准时——（1332）

粉红——弱小——准时——

芳香——卑微——

隐蔽——于四月——

开敞——于五月——

苔藓亲近它——

小山熟悉它——

与知更鸟为邻——

进入每个人的灵魂——

勇敢的小小美丽

用你来装饰

大自然便发誓

告别往昔——

130

一只蜜蜂驾着闪亮的马车(1339)

一只蜜蜂驾着闪亮的马车

勇敢地驶向一朵玫瑰花——

他们一起下车——

他自己——和马车一驾——

玫瑰以直率的平静

接受了他的探访

没有收拢一弯新月

来满足他的贪心——

他们结合的时刻圆满——

留给他的——是逃离——

留给她的——只是

谦恭中的狂喜。

131

老鼠是最直截了当的房客(1356)

老鼠是最直截了当的房客。
他可不付房钱。
拒绝承担责任——
此事图谋在先

阻碍我们的才智
是给予警告还是发动围击——
憎恶无法伤害
如此沉默的劲敌——
禁令也不能将他阻止——
合法如同天平。

132

听起来像是大街在奔跑（1397）

听起来像是大街在奔跑
然后——大街又静悄悄地站住——
日食——是我们在窗口看到的一切
惊惧——是我们感觉到的全部。

渐渐——最大胆的冒失者偷偷溜出藏身地
去看看时间是否还在那里——
大自然裹着蛋白石围裙，
混合着更为清新的空气。

133

怎样的神秘渗透了一口水井！（1400）

怎样的神秘渗透了一口水井！
那水在远方流动——
来自另一个世界的邻人
居住在坛中

无人见过坛子的界限
只见过他的玻璃帽——
就像你每次乐意去察看
一种深渊的面貌！

青草并未显出恐惧，
我常常奇怪他竟能
这么靠近而胆大地观看
那使我惧怕的场景。

他们可能相互关联，
莎草长在大海旁，
脚下没有土地，他却
未显出任何恐慌。

自然却是个陌生者；
最常想到她的人们
从未经过她闹鬼的屋子
也未曾精简她的幽灵。

去可怜不懂得自然的人
就有懊悔来帮衬
懂得自然的人，懂得越少
他们距离她就越近。

134

如此众多苦恼中的一点快乐（1420）

如此众多苦恼中的一点快乐
甜蜜的自然将它赋予我
我躲避这快乐因为我绝望
或者亲近邪恶——
为什么在夏日的清晨
日子的疾驰还没有启程
鸟儿要用美妙乐音的匕首
刺中我销魂的心灵
这是质询的一部分
当肉体与灵魂
在死亡中即刻分离——
这质询将得到回应——

135

夏季有两个开端——（1422）

夏季有两个开端——

一次在六月里——

十月迎来又一次

令人感动不已——

或许，没有喧嚣

但美的姿态更生动——

即将离去的面容

比留下的更纯净——

然后离去——永远——

永远地——直到五月来到——

永远地落着叶——

除去枯死的枝条——

一颗露珠自我满足——（1437）

一颗露珠自我满足——

也满足了一片树叶,

它感到"命运多广大啊"——

"生命有如碎屑!"

太阳初升去工作——

一个白昼出来玩

那颗露珠从外表看

踪影已全然不见

是否被日子劫持

或是被太阳掏空

汇入流经的大海

永远无人弄懂

那可怕的悲剧

直至今日才被证实

因放逐的动荡

和厄运的迅疾。

137

小石头多么幸福(1510)

小石头多么幸福

独自在街上漫步,

不在意世间的繁忙

危急之中从不恐慌——

一个瞬间流逝的天地

穿着它浅褐色的外衣,

不受约束像太阳

独自交友或发光,

以漫不经意的率真

履行着绝对的指令——

138

如同悲哀难以察觉（1540）

如同悲哀难以察觉
夏季转瞬即逝——
毕竟太过微妙了
就不像是背信弃义——
像黄昏已经开启，
提取出一种寂静，
或大自然耗尽了自身
让午后悄然隐蔽——
薄暮更早些临近——
异样的清晨闪烁——
谦恭而令人伤心的恩典
像宾客，将会离去——
于是，未凭借羽翼展翅
或快船的疾驰

我们的夏季让她的光

逃进了美的境地。

139

蝙蝠灰暗,翅膀褶皱——(1575)

蝙蝠灰暗,翅膀褶皱——
像是在休闲——
他的唇间没有歌声流淌——
或者歌声听不见。

他的小伞奇异地张开
在空中描画
一个圆弧,就像高深莫测
兴高采烈的哲学家。

从怎样的天穹得到委任——
从怎样狡黠的居住地——
因怎样的怨毒被赋予了强力——
这恶意幸而得到抑制——

将同样多的赞美

归功他那灵巧的创造者

他的各种怪癖,相信我,

显示出他的善意——

140

鸟儿准时带来她的乐音（1585）

鸟儿准时带来她的乐音

将乐音在它的寓所安放——

那寓所就是人类的心灵

源自天国的荣光——

从她摄人魂魄的劳作中

美能获得怎样的休憩——

而对于魔力制造出来的人们

劳作是电击式的安息——

141

一阵风如军号吹响——（1593）

一阵风如军号吹响——

穿过草丛发出震荡

不祥的绿色寒意

扑向灼热的天气

我们关闭了门窗

仿佛躲避翠绿的鬼魂——

死亡的火电食鱼蛇

那迅捷的一刻穿过——

奇异而喘息的树丛上

栅栏逃之夭夭

河流在房屋飞奔的地方

看上去都活了——那天——

旷野里塔尖上的钟声

报告着飞驰的潮汛——

多少东西能来

多少东西能去,

然而仍能坚守这世界!

142

一只鸟跳上他的马鞍(1600)

一只鸟跳上他的马鞍

免费跨越千万棵树木间

最终来到篱笆门前

他的梦想令他心欢

然后他吊起嗓门

将这样的音符挥霍

偶尔听到歌声的世界

却被深深地震撼——

143

不知道黎明何时来临（1619）

不知道黎明何时来临，

我打开每一扇门窗；

或许它有羽毛，像小鸟儿，

或许像海岸，翻着巨浪——

144

琥珀色帆船静静地划走（1622）

琥珀色帆船静静地划走

驶向苍穹之海，

紫色水手在和平中遇难，

心醉狂迷之子——

145

对于任何快乐的鲜花(1624)

对于任何快乐的鲜花

显然没什么可以惊讶

风霜因偶然的力量——

玩儿似的将花冠砍下——

白里透红的刺客继续前进——

太阳行走,无动于衷,

为了上帝表示满意

量出另一天的时辰。

146

蜂蜜的家族（1627，第二版）

蜂蜜的家族

与蜜蜂无关；

任何时候，红花草

都出身名门——

147

夏季开始露出面容(1682)

夏季开始露出面容
这本迷人之书的阅读者
不情愿但又确定地领悟
迟来的叶子有一种收获——

秋季开始被断定
依凭帽子似的云朵
或比披巾更深的颜色
它将不朽的山峦围裹。

眼睛开始贪婪地观看
沉思历练着言辞
远处树木的染工
恢复了浓艳的染色活计。

结局便是全部过程

至多达到反复再生

然后躲避不变的稳定

召回不朽的永生。

148

大地的高处我听见鸟鸣（1723）

大地的高处我听见鸟鸣

他踩踏着树丛

以为那是些小玩意儿，

然后他发现了一丝风，

便轻轻落在

一股轻风上

在一阵纷乱之中

大自然将风丢弃在一旁。

我从他的话语里

感到这是位快乐的行者

那话语既是祝福

也是善意的戏谑，

不承担明显的责任，

我随后得知

他是那一窝雏鸟的

忠实可靠的父亲。

这样烦劳地运送

他要补偿心中的牵挂。

与我们的迟缓形成对照。

我们的差别有多大!

149

我的花儿中的"忘川"(1730)

我的花儿中的"忘川",
在不会凋零的果园
啜饮这河水的人们
听见食米鸟的鸣啭!

只是薄片或花瓣
如同眼睛望见
木星!我的父亲!
玫瑰已被我发现!

150

充满秘密的沼泽真可爱(1740)

充满秘密的沼泽真可爱,
直到我们遇见一条蛇;
这时我们才思念家宅,
于是我们起身逃开

那样迷人的奔驰
只有童年能领略。
蛇是对夏季的背弃,
它的地盘是诡计。

151

为创造牧场它搬来红花草和蜜蜂(1755)

为创造牧场它搬来红花草和蜜蜂,
一棵红花草,和一只蜜蜂,
还有白日梦。
假如蜜蜂太少,
只有白日梦也行。

152

一列火车穿过墓地大门(1761)

一列火车穿过墓地大门,
一只鸟儿突然跃出,放声歌唱,
啼啭着,颤抖着,他颤动喉咙,
直到所有墓园都钟声鸣响;

然后他轻轻调整音符,
欠身鞠躬再次引吭。
他肯定在想,可以同人们告别
这令他满心欢畅。

第三辑 爱 情

Poems of Emily Dickinson

153

有这样一个词语（8）

有这样一个词语

承载着剑的重力

能刺穿带枪的人——

它猛掷带刺的音节

然后又沉默不语——

但在它落下之处

被拯救者将告知

（在充满爱国精神的日子里）

有个戴肩章的兄弟

屏住了呼吸。

无论屏息的太阳在何处飞奔——

无论日子在何地漫行——

那里就有无声的进击，

那里就能获胜!

看那最机敏的神枪手!

这最完满的一射!

时间的仰之弥高的靶子

是"被忘却的"灵魂!

154

当玫瑰已凋零,先生(32)

当玫瑰已凋零,先生,

紫罗兰不再开放——

当大黄蜂威严地飞翔

越过了太阳——

这只停下来去采花的手

在这个夏季的日子里

懒洋洋地——染成赤褐色——

那么,拿走我的花吧——求求你!

155

心灵啊,我们将忘记他!(47)

心灵啊,我们将忘记他!
你和我——就在今晚!
我将忘记那亮光——
你会忘记他给予的温暖!

当你忘掉这一切,请告诉我,
我要径直向前!
快点儿!免得你拖拖拉拉,
我又将他惦念!

156

我的朋友一定是只鸟——（92）

我的朋友一定是只鸟——
因为它飞翔！
我的朋友一定是凡胎，
因为它死亡！
它有刺，像蜜蜂。
啊，你这朋友真稀奇！
对我是个谜！

157

在我从未见过的大地上——他们说（124）

在我从未见过的大地上——他们说

不朽的阿尔卑斯山低头俯视——

它的帽子触到了苍穹——

它的鞋子摸到了城市——

在它连绵不断的脚边

千万朵雏菊温和地嬉戏——

先生，哪一朵是你，哪一朵是我

在这个八月的日子里？

158

你小小的心中是否有一条河（136）

你小小的心中是否有一条河，

羞怯的花儿在那里开放，

红脸的鸟儿飞过来喝水，

还有影子在颤抖晃荡——

它缓缓地流淌，没人知道

那里有一条溪水，

而你生命的小口

每日都在此喝醉——

三月里去寻找这条小溪，

此时多条河水漫过河堤，

雪水急匆匆从山坡流下，

桥梁常常不见踪迹——

而后,或许在八月,
平躺的草地干渴烧灼,
当心,免得这生命的溪流
在燃烧的正午焦躁干涸!

159

我的小河流向你——（162）

我的小河流向你——
蓝色的大海！你可欢迎我？
我的小河等待回答——
啊，大海——看上去如此温和——
我要带给你溪流
从斑斑点点的山旮旯儿
说啊——大海——请带我走！

如同有种北极的小花儿（180）

如同有种北极的小花儿

在极地的边缘落脚——

从高高的纬度漫步而下

直到它困惑地来到

夏季的大陆——

太阳的苍穹——

见到奇异而明亮的鲜花——

还有小鸟，说着外国话！

我说，好像这朵小花

去了伊甸园，徘徊着进入——

然后呢？什么也没发生

只是，你的推论就此起步！

161

可怜的小小的心儿!（192）

可怜的小小的心儿!
他们是否忘记了你?
不要在意! 不要在意!

骄傲的小小的心儿!
他们是否抛弃了你?
要快乐自信，要无忧无虑!

脆弱的小小的心儿!
我不会击碎你——
你能否给我以赞誉? 给我以赞誉?

快乐的小小的心儿!
像清晨的荣光
风和太阳——将会装扮你!

162

我是"妻子"——我已将它完成——(199)

我是"妻子"——我已将它完成——
那另一种情形——
我是主宰——现在我是"女人"——
这样更加谨慎——

在这淡淡的晦暗状态的背后
女孩的生活看上去多么奇异——
我想,对于天国的人们来说
现在——大地感到的就是如此——

这样获得了安慰——那么
那另一样——就是痛苦——
可是为什么要去比较 ?
我是"妻子"！这就足够！

163

玫瑰在她面颊上欢跳——(208)

玫瑰在她面颊上欢跳——

她的紧身衣起起落落——

她愉快的话语——像醉汉——

可怜地蹒跚走过——

缝衣针不听使唤——

做着活儿她的手指在摸索——

是什么难倒了这聪明的小姑娘——

这问题让我困惑——

直到我发现——对面——

脸颊上另有玫瑰一朵——

刚好在对面——说着另一番话语

就像醉汉走过——

她的紧身衣似的背心，舞动——
和着神仙的曲子——
直到这两只不安的——小钟
嘀嗒嘀嗒地轻轻走到一起——

164

风信子若向蜜蜂恋人(213)

风信子若向蜜蜂恋人
解开腰带,
蜜蜂可会把风信子视为圣者
就像从前?

若是"乐园"——被劝说——
让出她的珍珠护城河,
伊甸园是否还是伊甸园,
伯爵是否真是——伯爵大人?

我的手中攥着珍宝——（245）

我的手中攥着珍宝——

上床睡觉——

日子温暖，微风和煦——

我说——"就这样保存好"——

我醒来——责怪我忠实的手指，

宝石消失了——

现在，一种紫水晶的记忆

是我的全部财宝——

166

夜夜下暴雨——夜夜刮狂风!（249）

夜夜下暴雨——夜夜刮狂风!
我若与你会见
狂风暴雨之夜就是
我们的盛宴!

心,在港湾停靠——
狂风——无法撼动——
指南针,失效——
航海图,无用!

划行在伊甸园——
啊,大海无疆!
我愿今夜——停泊在——
你的心腔!

167

我说——这是——一件严肃的事——(271)

我说——这是—— 一件严肃的事——
做一个——纯白的女子——
身穿——假如上帝认为我合适——
她纯洁无暇的奥秘——

这是件神圣的事——将一生
抛进紫色的深井——
太没有重量——以致它返回——
直到——永恒降临——

我回想幸福有怎样的容貌——
当我把它拿在手中——
它是否摸上去是宏大的——
看上去——仿佛盘旋着——穿越雾层——

接着——这"渺小"生命的尺码——
圣人们——说它渺小——
在我的背心里——膨胀——如地平线——
我轻声地——嘲笑着——"渺小"!

168

如果我说我将不再等待,这又何妨!(277)

如果我说我将不再等待,这又何妨!
如果我冲出这尘世的大门——
穿越,逃离——扑向你,这又何妨!

如果我把这凡夫俗子——锉光——
看他还能在何处伤害我——这就足够——
在自由中艰难跋涉,这又何妨!

它们再不能——将我夺走!
地牢能呼唤——枪炮会哀求
对于我——现在——都毫无意义——

就像——一小时之前的——大笑——
或衣服花边——或者一次巡演——
或者像——有谁死去——在昨天

169

你的财富——
教给我——贫穷（299）

你的财富——教给我——贫穷。
我自己——一个没什么钱的
大富翁，就像姑娘们会自夸
一夸夸到布宜诺斯艾利斯——

你让你的领地漂泊——
那是个不同的秘鲁——
我敬重所有的贫穷——
为了与你同在的生活财富——

关于矿藏，我自己——了解得很少——
只知道宝石的名字——
最平常的矿物的色彩——

对王冠则一无所知——

这样,如果我遇见女王——
就会知晓她的荣耀——
而这,——一定是另一种财富——
失掉它——会因此而乞讨——

对于那些观看你的人们——
我确定这就是印度——整天——
没有限定——没有责备,
只做个犹太人——我愿——

我肯定这是丰富的矿藏——
我没有能力去认可——
每天——为矿山展露微笑——
比得到一颗宝石要好得多!

至少,得知存在着——金子——

这令人感到心安——
尽管我及时证明了——
观看——它的距离有多远——

去猜想、估价那颗珍珠——
是遥远的——遥远的宝藏——
它从我朴素的手指滑落——
那时我只是个在校的小姑娘。

170

盛夏的一天降临（322）

盛夏的一天降临
全然为我而至——
我想这是为了圣徒，
有天启——在昭示——

四处依旧洒满阳光，
花儿还那样绽放，
似乎没灵魂经过极限
让一切都不同往常——

时间很少被话语亵渎，——
不需要作为象征的词语
如同圣礼的仪式上，
我们的主穿的——衣服——

每个人相对于他人都是封闭的教堂——
这时——被允许——交谈——
免得我们在羔羊的晚餐上
显得过于难堪——

时间飞快地流过——就这样
被贪婪的双手紧紧抓住——
两块甲板上的面孔,回看,
被束缚于互相对峙的大陆——

于是当时间全部流失,
外界寂静无声
一个捆绑了另一个的十字架——
我们给不出另外的保证——

足够的誓言,我们将起身——
最终废弃——坟墓——
去完成新的婚姻,
通过爱情的受难——为其辩护——

171

月亮距离海洋很远——(429)

月亮距离海洋很远——
然而,用琥珀色的双手——
她领着他——温顺得像个男孩——
沿着指定的沙地行走——

他从未偏离一点角度——
顺着她的目光而来
他到此停住脚步——向着城镇——
在此驻足——离开——

啊,先生,你的,琥珀的手——
我的——远方的大海——
听从于你的目光施加于我的
最微不足道的命令,不悔改——

172

我与他同住——
我看见他的脸庞——(463)

我与他同住——我看见他的脸庞——
我不再离去
无论是因来访者——还是因夕阳——
死亡是单独的秘密

是唯一——抢先于我的秘密——
而且——他有权提议
一项看不见的需求——
不将婚姻生活——授我——

我与他同住——我倾听他的声音——
我充满活力——今天——
为了去见证

永生的必然——

时间——教给我——低等的方式——

深信——每天——

这样的生活——永无休止——

不管怎样——须作出裁判——

173

它生气勃勃(491)

它生气勃勃

直到死亡将它触及

它和我轻拍同一种空气

住在同一血液里

在同一个圣礼下

给我展示分割能撕裂或能剥离——

爱就像生命——只是更长久

爱就像死亡,在坟墓的存续期

爱是死而复生现象的同伴

挖出了泥土而高唱"生机!"

174

告诉他——到他那儿去吧!
快乐的信笺!(494)

告诉他——到他那儿去吧!快乐的信笺!

告诉他我没有写出的那一页——

告诉他——我只说出了句法——

而将动词和代词省略——

告诉他手指写得多快——

然后——又怎样慢慢地——慢慢地——跋涉过去——

之后,你期望你的页面里有一双眼睛,

这样你就能看到是什么在驱动词句——

告诉他——这不是一位熟练的作家——

你能猜到——从句子艰难劳作的方式——

你听到衣衫在你背后猛拉——

好像使出了孩子般的力气——

你几乎可怜它——你——它就这样行进——
告诉他——不——你可以推托——
因为了解这些会撕裂他的心——
于是你和我,更为沉默。

告诉他——黑夜终结——在我们结束之前——
古老的钟一直在嘶鸣"报时!"
你困了——于是祈求结束——
这能阻碍什么——说说看?
告诉他——她怎样将你封上——小心翼翼!
但是——如果他询问你藏在哪里
直到明天——快乐的信笺!
做手势调情——摇你的头!

175

我嫉妒他航行的大海——(498)

我嫉妒他航行的大海——
我嫉妒车轮的辐条
战车载着他驰骋——
我嫉妒沉默的岩峣

山凝视着他的旅程——
所有人都能轻易看见
那些对于我被禁止的
全部——一如苍天!

我嫉妒麻雀的巢穴——
点缀了他远处的屋檐——
富有的苍蝇,飞落他的窗格——
欢快的——欢快的叶片——

刚好在他的窗外

有夏日告假来玩乐——

皮萨罗[1]的耳环

不能取来给我——

我嫉妒光——光将他唤醒——

还嫉妒铃声——大声地摇响

告知他外面已经是正午——

愿我自己——即是他的正午时光——

然而不要让——我的花儿盛情开放——

把我的蜜蜂——取缔——

免得永久的午夜

将加百列[2]和我——抛弃——

---

[1] 皮萨罗（F. Pizarro, 1475-1541），西班牙冒险家，秘鲁印加帝国征服者。
[2] 加百列（Gabriel），基督教《圣经》中传达上帝佳音的七大天使之一。

176

他触碰过我,
于是我生活着去认知(506)

他触碰过我,于是我生活着去认知
在这样的日子,得到这种允许,
我摸索着触到他的胸膛——
对于我,它如此辽阔宽广,
而且静默,像可怕的大海
让涓涓的小溪静躺。

现在,我与从前迥异,
如同呼吸了高尚的空气——
或者刷一身皇家礼袍——
同样,我曾四处漫游的双脚——
我吉普赛人一样的脸——已变形——
获得更加柔和的声誉。

如果可以，我就进入这避风港，
利百加不会这样
欣喜地转向耶路撒冷——
也没有波斯人，因她的神龛而受挫
举起这十字架的象征
抵达她威严的太阳。

177

如果你在秋季到来（511）

如果你在秋季到来，
我就将夏季擦掉，
半用微笑，半用藐视，
像主妇把苍蝇赶跑。

如果我在一年中能见到你，
我要把每个月卷成球形——
将它们分别放进抽屉，
生怕不同的月份会搞混——

要是时间被耽搁几百年，
我就在手中将它们计算，
做着减法，直到我的手指
跌落进范·狄耶曼的田园。[1]

如果能肯定,当此生结束——

你和我的生命就这样注定

我就将它远远抛开,像扔掉果皮,

再抓住永恒——

可是现在,这永恒不确定的长度

有多长,还无人知晓,

它驱使着我,像蜜蜂小妖——

不会说出——它何时去叮咬。

---

1 范·狄耶曼之地(Van Dieman's Land),为早期欧洲人对澳大利亚的塔斯马尼亚岛的称呼。荷兰探险家阿贝尔·塔斯曼(Abel Tasman)于1642年首次到达该岛,为纪念送其出海的荷属东印度群岛总督范·狄耶曼(Anthony van Dieman)而将该岛命名为范·狄耶曼之地。

我曾经满怀着爱（549）

我曾经满怀着爱，

我带给你明证

直到我爱过

我才过得——充实——

我将始终满怀着爱——

我向你表明

爱即是生命——

而生命获得永恒——

这一点——亲爱的——你若怀疑——

那么我便

无以表达

除了受磨难——

179

我把自己给了他——（580）

我把自己给了他——
为了报偿又将他带回，
一生中的庄严契约
就这样签署，认定——

财富会使人失望——
我自己被证明
比这买主猜测的更穷，
这就是每日拥有——爱情

贬低这一视象——
但是，直到商人来购货——
这仍是寓言，诡秘的货物——
在香料的岛屿——平卧——

至少——这是双方的——冒险——
有些人——认为——双方都获得益处——
是生活的甜蜜欠债——每晚都欠——
每天中午——破产户——

180

那是一次长久的分离——但是(625)

那是一次长久的分离——但是

会面的时刻——已经来到——

面对上帝的审判席——

最后一遭——还有第二遭——

这些精神的恋人相遇——

凝视中的天堂——

天堂中的天堂——相互

目光中的特权——

他们——一生的期限——

如同未诞生的婴儿

没有衣服包裹——此外他们看见——

这时——更为无限的新生——

婚礼——是否从来就如此?
一个乐园——主人——
还有小天使——大天使——
和不引人注目的客人——

181

你留给我——老爷子——
两份遗产——(644)

你留给我——老爷子——两份遗产——
一份是爱的遗产
天国之父会感到满足
假如他将这感情奉献——

你还留给我痛苦的疆域——
大海一样宽阔——
在有限的时间与永恒之间——
有你的意念——还有我——

182

在所有经受创造的灵魂中——（664）

在所有经受创造的灵魂中——
我选择了——一种——
此时感官从精神中——消磨掉——
遁辞——已完成——

当现在的——和过去的——
内在地——经受——分离——
这肉体中的短剧——
转变了——如同沙粒——

当大人物展示出威严的正面——
团团迷雾——被劈开——
看那粒原子——在所有泥土的物质中——
我对它更加偏爱！

183

她起身去为他做事——抛开（732）

她起身去为他做事——抛开
她生活中的娱乐
去从事对女人和妻子
十分荣耀的劳作——

假如她在新的日子里失掉了什么，
广袤，或者敬畏——
或最初的期待——或在
使用中磨损的金子，

它从未被提及——如同大海
拥有水草和珍珠，
但只有大海自己——知晓——
珍珠和水草生活的深度——

184

我的价值是我全部的怀疑——（751）

我的价值是我全部的怀疑——
他的荣耀——是我所有的忧惧——
与他对比,我的品质
显得更加——谦虚;

唯恐对他所深爱的需求
我证明得不够充分——
这是最重要的领悟
深藏在我拥塞的思念中。

的确——神性内在地
倾向于俯身弯腰——
因为没有高过自己的事物
能在自己的身上落脚——

于是我——被他选中的

令他心满意足的平凡居所——

使我的灵魂——适应她的圣典——

那灵魂就像是教堂一座——

185

我有个祝福,在我眼中(756)

我有个祝福,在我眼中

比其他的更宏大

我感到满足——不再测量——

这受迷惑的尺码——

这是我梦境的限度——

是我祷告聚焦的对象——

完美的——令人麻木的洪福——

心满意足如绝望——

我不再知晓缺失——或冷漠——

为了灵魂中这新的价值

两种幻景都已达到

世间最大的总量——

上面的天堂下面的天堂——

因蓝色更加红润而昏暗——

生命的纬度全部——倚靠着——

同样——死去的是审判——

为什么欢乐支付得如此匮乏——

为什么乐园会延期来到——

为什么给我们端来洪水——用碗——

我不再默默思考——

被爱的人无法死亡(809)

被爱的人无法死亡

因为爱是永生,

不,它是神明——

胸怀爱的人无法——死亡

因为爱改造生命

使之获得神性。

187

劈开云雀——你会找到音乐——（861）

劈开云雀——你会找到音乐——
一个个银球在银色中滚动——
给予夏日清晨的并不多
当诗琴老去，音乐留给你听。

让洪水喷泄——你发现它专横不羁——
一股又一股，为你而贮存——
红色的实验！满腹狐疑的托马斯！
现在，你是否怀疑你的小鸟很忠贞？

188

我们长得快,
不再需要爱,像别的东西(887)

我们长得快,不再需要爱,像别的东西
把它放进抽屉——
直到它展示老古董的时装——
就像爷爷奶奶穿的外衣

189

我把自己珍藏在花儿里(903)

我把自己珍藏在花儿里,
花儿戴在你的前胸,
你,不曾想到,也把我戴上——
其余的事情天使们都懂。

我把自己珍藏在花儿里,
在你的花瓶中它正在褪色,
你,不曾想到,对我同情——
几乎是一种寂寞。

190

爱情——先于生命——(917)

爱情——先于生命——
又晚于——死神——
是创造的初始,
大地的代言人——

191

心灵被击打,不是用棍棒(1304)

心灵被击打,不是用棍棒,
不是用石块——
是用鞭子,小得你无法看到
而我已明白

鞭打这神奇的灵物
直到它倒下,
而这鞭子的名字太高贵
无法称呼它。

这灵物宽宏大量
像小男孩望见鸟儿一般——
它终因石头而死亡
却向着石头歌唱礼赞——

羞愧不必在我们的
大地上卑躬屈膝——
羞愧——站直了——
这个宇宙属于你。

192

别让我用晨光的污点(1335)

别让我用晨光的污点

来毁坏那场美梦,

而是要调整我每日的夜晚

使美梦再次降临。

不是当我们领悟,力量才过来搭讪——

意料之外的衣衫

是我们胆怯的母亲所穿的全部

在家中——在乐园。

193

我只有这一个生命——(1398)

我只有这一个生命——

要在这里度过——

我没有死亡——只是唯恐——

从那里被驱逐——

没有前来与尘世的联系——

没有新的动作——

除了穿过这样的限度——

拥有你的王国——

194

看这小小的灾星——(1438)

看这小小的灾星——
所有生命的恩宠——
如此普通好似不为人知
它的名字叫做爱情——

缺少爱情是悲哀——
占有爱情是痛苦——
不在别处——如果在乐园
会找到它的等价物——

195

爱情一开始便已完结(1485)

爱情一开始便已完结,
先哲说,
但是先哲是否了解?
真理将你的恩惠推迟
没有时日。

196

有时拥有一颗心（1680）

有时拥有一颗心

很少拥有灵魂

更少拥有力量

几乎没人——拥有爱情。

197

我这里得到一支箭（1729）

我这里得到一支箭。
我喜爱射箭的手,
我敬畏它飞奔向前。

于"冲突"中沉落,他们说!
被征服,我心里清楚,
征服者只是一支朴素的箭
受射手的弓推进加速。

198

坟茔是我小小的农舍（1743）

坟茔是我小小的农舍，
在那里"做家务"，为了你
我把客厅收拾得整整齐齐
摆放好大理石般的茶叶。

为两个短暂分离的人，
这可能，是一个圆圈，
直到永久的生命
结合于强大的社团。

199

为我破碎的心自豪,
因为你已将它击碎(1736)

为我破碎的心自豪,因为你已将它击碎,
为痛苦骄傲,我对这痛苦毫无察觉直到遇见你,

为我的夜晚骄傲,因为你用月亮使夜平缓,
而我的谦恭并不分享你的情意。

你不能自夸,像耶稣,喝醉了没人陪伴,
这可是一本苦烈酒,专为基督徒酿制。

你不能用无比锋利的芒刺将传统刺穿,
看啊!我抢夺你的十字架来使我获得荣誉!

200

失去你——比获得我熟悉的（1754）

失去你——比获得我熟悉的
其他心灵更加甜美。
干旱的确是赤贫的，
但之后我得到了露水！

里海拥有沙漠，
它在别处的大海。
没有不毛的贫瘠，
哪有里海存在。

201

天国的乐园遥远得（1761）

天国的乐园遥远得

像最近处的房间

假如房间中一个朋友在等待

幸福或命运的审判——

灵魂是多么的刚毅，

以至于它能够忍耐

脚步渐近的重音——

忍耐大门的敞开——

202

多么迅捷——多么轻率——(1771)

多么迅捷——多么轻率——
总是犯错,这就是爱情——
这快乐的小小的神
我们并未被鞭打着去侍奉——

第四辑 时间与永恒

Poems of Emily Dickinson

203

在这奇异的大海上（4）

在这奇异的大海上

静静地出航，

啊，你这领航者啊！

何处是海岸你可知道——

那里没有怒吼的浪涛

那里没有风暴在呼啸？

在宁静的西方

许多船帆已停航——

船锚已抛定；

往彼方，我引领你抵达——

那大地，啊！永恒！

终于靠岸了，天哪！

204

狂喜来自于内陆的(76)

狂喜来自于内陆的
灵魂——走向大海,
路过房屋——路过海角——
向深沉的永恒走来——

我们,生长于群山,
水手能否懂得
走出内陆第一里程
带来的极度快乐?

205

我们乐于坐在死者身边（88）

我们乐于坐在死者身边，
令人惊奇地感到亲密——
我们抓住的是那失去的
尽管余下的都在此地——

凭借糟糕的数学
我们估算我们的奖品
巨大——以它消退的比例
相对于我们拮据的眼睛！

口渴才学会,饮水(135)

口渴才学会,饮水;
海洋流逝——才形成大陆。
因剧痛——才有大欢乐——
和平——由激战来诉说——
爱,由纪念物来铸造——
鸟儿,由白雪来衬托。

207

从一朵熟悉的花儿中（149）

从一朵熟悉的花儿中
她安静地走过像露水。
却没有在通常的时间
像露水一样返回！

从我夏日的黄昏
她轻轻地滑落像一颗星——
不像勒维列[1]那样熟练
相信这事就更加伤心！

---

1 勒维列（Le Verrier,1811-1877），法国数学家，天文学家，发现了海王星。

208

最终,要被确认!(174)

最终,要被确认!
最终,灯光落在你身边
去查看生命的剩余之处!

走过了午夜!走过了晨星!
走过了日出!
啊,在我们的双脚
和白昼之间有着怎样的长度!

209

我丢失了一个
世界——在另一天(181)

我丢失了一个世界——在另一天!
可有人找见?
从环绕它额头的一列星辰
你会将它确认。

富人——对它不会在意——
然而——对于我节俭的眼睛,
满含更多敬意而不为金币——
啊,先生——请为我——将它寻觅!

210

长久的风雨中升起彩虹——(194)

长久的风雨中升起彩虹——
晚到的清晨——太阳初升——
云朵——如怠倦的象群——
地平线——四处蔓生——

鸟儿在巢中笑着起身——
狂风——确已无踪无影——
目光啊,毫不在意——
这夏日为谁带来光明!

死亡那寂寥的冷漠——
曙光——也不能激发——
天使长——和缓的话语
必定能唤醒她!

211

两个游泳者在挥拳搏斗——（201）

两个游泳者在挥拳搏斗——
直到清晨太阳初升——
一个——微笑着面向海岸——
啊，老天！看那另一人！

迷失的船——路过——
发现一张脸——
漂浮在水面——
死亡中的目光——仍然抬起呼救——
双手——被抛弃——在祈求！

上帝准许勤勉的天使——（231）

上帝准许勤勉的天使——

在午后——玩耍——

我遇到一位——忘记了我的同学——

立刻开始——全因为他——

上帝唤天使——回家——马上——

在日落时分——

我错过了我的那位——在玩过王冠后——

玩弹子——多么沉闷！

213

我喜爱痛苦的神情（241）

我喜爱痛苦的神情，

因为我知道它真实——

人们不假装惊厥

也不强作剧痛——

眼光一旦呆滞——那是死亡——

无法去假造

额头上由单纯的疼痛

穿成的一颗颗汗珠。

我见到过的唯一幽灵（274）

我见到过的唯一幽灵

穿着镶花边的衣裳——就这样——

脚上没穿拖鞋——

走起来如雪花飘荡——

他的步态——很轻盈，像小鸟——

跑起来飞快——像头鹿——

他的时装，奇特，打着马赛克——

或许是，长着槲寄生树[1]——

他的谈话——很少——

他的笑——如清风——

在涟漪中渐渐消失于

沉思的树丛中——

我们的会面——只片刻——
对我,他很害羞——
自那个令人吃惊的日子——
上帝就禁止我回头瞅!

---

1 槲寄生树枝,西方常用作圣诞节悬挂的饰物,按习俗,站在此树枝下的女子,任何男子都可与她接吻。

215

我感觉头脑中,有一场葬礼(280)

我感觉头脑中,有一场葬礼,

送葬者踱来踱去

不断地踏步——踏步——直到

感官似乎在冲破阻力——

当送葬者都已坐定,

一种仪式,像战鼓——

不断地敲击——敲击——直到

我觉得思想在变得麻木——

然后我听见他们抬起盒子,

用同样的铅制靴子

再次,嘎嘎地轧过我的灵魂

然后空间——开始轰鸣,

好像整个天空是一座钟

生命,只是耳朵在倾听,

我,寂静,某些奇特的种群

在这里,衰败、孤零零——

接着,理智的支撑物,坍塌,

于是我下跌,下跌——

每一次跌落,都撞击一个世界,

然后——便不再去理解——

我推断,尘世转瞬即逝——(301)

我推断,尘世转瞬即逝——
痛苦——不容置疑——
人们倍受打击,
可这又怎样?

我推断,我们会死去——
生命力再强
也无法超越衰亡,
可这又怎样?

我推断,在天堂——
无论如何,都会坦荡——
会有新的平衡产生——
可这又怎样?

217

灵魂选择自己的伴侣——（303）

灵魂选择自己的伴侣——
然后——把大门紧闭——
对于她，神圣的多数——
不用再考虑——

无动于衷——她看见马车——停在——
她低矮的门口——
无动于衷——一位皇帝在她的
席垫上跪求——

我了解她——从一个人口众多的国度——
选定了一位——
从此——把她注意力的阀门关闭——
像顽石一块——

218

它将我撞击——每天——（362）

它将我撞击——每天——
崭新的闪电
就像突然撕裂的云团
让火焰穿梭其间——

它将我燃烧——在夜晚——
对着我的梦起泡——
在我的目光中它刚刚患病——
随着每日清晨来到——

我想到那场暴风雨——短暂——
最疯狂——最快速地穿过——
但大自然丢失了这个日子——
在天空中将它遗落——

219

我去感谢她——(363)

我去感谢她——

但她已睡去——

她的床——石头,漏斗状——

头和脚边有芳香的花束——

是行人——投放——

他们去感谢她——

但她已睡去——

跨过海洋——路途不远——

去看她的面容——栩栩如生——

但起身返回——却很迟缓——

220

没有刑架能将我拷问——(384)

没有刑架能将我拷问——
我的灵魂——充满自由——
在这凡胎筋骨的背后
织有另一个,更加无畏——

你无法用锯子刺痛——
也无法用弯刀穿透——
两个躯体——因此而生成——
一个拴住了——另一个飞走——

与你相比
老鹰更不易
摆脱窠巢
而取得天宇——

除了你自己可能
成为你的寇仇——
被俘是一种自觉——
同样的，是自由。

221

对面的房屋中，发生了死亡（389）

对面的房屋中，发生了死亡，
时间就在今日——
透过这些房屋——永远——麻木的
目光，我得知此事——

邻居们进出匆忙——
医生——驱车离开——
窗子如豆荚一样敞着——
唐突——呆板的不自在——

有人扔出一个床垫——
孩子们急忙溜开——
他们猜测那人是否死在——上面
我曾这么想过——当我还是个小孩——

教长——僵直地走进房间——
好像这房间是他的——现在——
他拥有所有的哀悼者——
此外——还有那些小男孩——

然后是女帽商——还有
那个可怕的做生意的男人——
测量着房子的尺寸——

很快——黑压压的列队行进

那全是装饰着流苏的——马车——
传递消息的直觉——
在一个乡村小镇——
如符号般简单直接——

222

他们像雪片一样飘落——(409)

他们像雪片一样飘落——
他们像星辰一般滑过——
好似玫瑰花瓣坠落——
当伸出手指的风在六月
忽然间——吹过——

他们在茂密的草地上凋枯——
没有目光能发现这块地方——
但在他永不废止的——名单上
上帝会召唤每一张脸庞——

223

我为美丽而亡——却不能（449）

我为美丽而亡——却不能
适应在墓中生存
这时为真理而亡的那人
躺着，与我的房间比邻——

他轻轻问我为何而失败，
"为美，"我答道——
"而我——为真理——它们是一家——
我们是兄弟"，他说道——

于是，俩亲戚，在夜晚相见——
我们隔着房间交谈——
直到青苔触到我们唇边——
将我们的名字——遮掩——

224

当我死去时——我听到苍蝇嗡鸣（465）

当我死去时——我听到苍蝇嗡鸣

房间中寂静无声

如同暴风雨的躁动之间

空气凝固不动——

周围的眼睛——已将它们拧干——

呼吸在稳定地聚拢

为那最后的冲击——此时国王——

在房间里——得到见证——

我将我的纪念品馈赠——

放弃我那些可转让

他人的部分——然后

一只苍蝇进来嚷嚷——

带着蓝色的——不确定的踉跄的嗡翁声——

在光——与我之间——

然后窗户消失——于是

我无法通过观看去发现——

225

这个世界并非终结(501)

这个世界并非终结。

一个物种立足于远方——

没有形迹,像音乐——

但肯定存在,像音响

它召唤,它阻挡——

哲学——弄不懂——

通过一个谜语,最终,——

睿智,必须前往——

猜测它,令学者困惑——

得到它,人们承受了

世代的蔑视,

和已被表明的折磨。

信仰滑落——大笑,重新振作——

若是有人看见,红了脸——

抓住证据的嫩枝——

向一座风向标探问,路径——

许多手势,来自布道坛——

滚过震天响的哈利路亚赞美声——

麻醉剂也无法使啃食

灵魂的牙齿安静——

226

这不是死亡,因为我站起来(510)

这不是死亡,因为我站起来
而一切死者,皆倒地——
这不是黑夜,因为所有的钟
都为了正午,而响起。

这不是白霜,因为我的肌肤上
感觉西罗科风[1]——在爬行——
也不是火——因为我大理石的双脚
就能使唱诗坛,保持清冷——

然而,这感觉,却与它们相同,
我看到的各样形体
整齐地摆放,为了掩埋,
这提醒了我,让我想到自己——

如同我的生命被修剪，

以适合一个框架，

没有钥匙就不能呼吸，

就像某个子夜到达——

当滴答走动的一切——皆停——

空间向四处凝视——

可怕的白霜——在初秋的清晨，

放弃了搏动的大地——

但大多似混沌——不停息——清冷——

没有巧合，或龃龉——

甚至没有田地的诉说——

来为绝望——辩护——

---

1 西罗科风：从非洲北海岸吹经地中海至南欧的干热风，常带来灰尘和雨水。

227

我见到濒死的目光（547）

我见到濒死的目光

在房间里来回转动——

好像——在寻找着什么——

然后更加暗淡朦胧——

接着——浓雾般模糊——

既而——被焊接成功

没透露——无论是什么

看到了就是幸福——

228

假如我拥有它——当它已死去（577）

假如我拥有它——当它已死去
我会因此感到满足——
一旦呼吸停止
我就是它的归宿——

直到他们把它锁进坟墓，
我无法称量的，这种福气——
因为尽管你被锁入坟茔，
我自己——有钥匙开启——

想想吧，爱人！我和你
被允许——面对面而立——
生命之后——死亡——我们说——
因为那，是死亡——

而这——是你

我将告诉你一切——它变得多么光秃——
最初,午夜于我——是怎样的感受——
全世界所有的钟如何都静止不动——
阳光令我刺痛——天气如此冷冻——

然后悲哀怎样都有些——倦慵——
仿佛我的灵魂又哑又聋——
只是做了标记——跨过去——向你——
你能以此方法,对我——加以注意——

我将告诉你我如何极力展示
一个微笑,给你看,大海此时
都被跋涉过——我们回望去找寻游戏,
在往昔的时光里——在耶稣受难地。

原谅我,假如坟墓姗姗来迟——

因为渴望看到你——
原谅我,假如抚摩你的白霜
会超越梦想中的天堂!

229

我们的旅程前行——（615）

我们的旅程前行——
我们的双脚几乎踏进
生命之途的奇特岔路口——
它叫做——永恒——

我们的步伐顿时令人敬畏——
我们的双脚——不情愿——引领——
前方——是城池——而这中间——
是死者的丛林——

退却——没有希望——
背后——一条封闭的路途——
永恒的白旗——在前方——
上帝——在每一扇门边驻足——

230

长长的——长长的睡眠——
人人皆知的——睡眠——（654）

长长的——长长的睡眠——人人皆知的——
　　睡眠——
它让黎明不再露面——
四肢伸展——眼帘颤动——
一个独一无二的睡眠——

是否慵懒即这般模样？
在石头垒砌的岸边
晒着太阳消磨了几百年——
而不曾抬眼观望——正午的顶点？

231

不必成为寝室——
让幽灵出没——（670）

不必成为寝室——让幽灵出没——

不必成为一幢房屋——

头脑拥有回廊——胜过

有形的住处——

午夜，同外来的幽灵

相聚，比之于在里面

遇见冷漠的主人

要远为安全

穿过修道院的奔跑

和一块块石头的追赶——

比那孤寂中毫无防备的自我邂逅

要远为安全——

我们在自己的背后,隐藏——
最使人惊吓——
躲在房间中的刺客
极少让人害怕。

身体——借来一把手枪——
把门栓扣紧——
不理会更为高超的幽灵——
或更多的鬼魂——

232

他们说"时间减轻痛苦"——(686)

他们说"时间减轻痛苦"——
时间从不曾减轻病痛——
真正的苦难像筋腱
随着时间,而加重——

时间检验了烦恼——
而并非它的良药——
假如这得到证明,它也证明
病痛并未来袭扰——

233

太阳不断沉落——沉落——(692)

太阳不断沉落——沉落——

在乡村我觉出

午后没有色彩——

正午走进家家户户——

暮色不断降临——降临——

青草上没有露珠——

而只在我的额头歇脚——

在我的面颊漫步——

我的双脚昏沉——昏沉——

手指则清醒——

而为什么我使得外表

如此的寂静?

我多么熟悉前方的光!

现在我可以见到——

它即将消失——我正在做——然而

我并不害怕知晓——

234

因为我不能停下来等待死亡——(712)

因为我不能停下来等待死亡——
于是他温和地停下等我前行——
马车只载着我们两个——
还有不朽的永生。

我们缓缓驱车——他知道不能性急
我收起了活计
又把闲暇放在一旁,
全因为他彬彬有礼——

我们走过学校,孩子们下课了
围成圈——打闹玩乐——
我们走过田野,庄稼林立瞩目——
我们走过夕阳,它正在沉落——

或不如说——夕阳从我们身旁路过——
露水打着寒颤，凉飕飕——
我穿着长袍，纤细如丝——
我的披肩，薄纱般轻柔——

我们在一座房屋前驻足
它仿佛从地面隆起——
几乎见不到屋顶——
门楣——埋在土里——

从此——过去了几个世纪——
却感觉比一天还短——
我最初猜测马头的方向
正面对着永恒奔向前——

235

我本想当我来时将她找到——(718)

我本想当我来时将她找到——
死亡——也有同样的打算——
但似乎——他获得了——成功
而我却只有——挫败感——

我本想告诉她我多么渴望
这唯一的会面时刻——
但死亡把这话先告诉了她——
而她听从了,他的劝说——

现在——游荡便是——我的寓所——
去休憩——而休憩
将成为暴风雨的特权
赋予记忆——赋予我自己。

从空白到空白——（761）

从空白到空白——

一条空无迹象的路径

我迈着机械的步子——

停驻——或毁灭——或前行——

全然漠不关心——

假如我抵达终点

它终结在彼方

超越揭示出的不确定——

我闭上眼睛——还在探索

做一位盲人——更为轻松——

237

我在恐惧中生活——(770)

我在恐惧中生活——
那些知道在危险中
存在着刺激的人们——
别的推动力
毫无生气——麻木不仁——

正像一种力量——激励灵魂——
恐惧催动着它去往
没有幽灵援助的地方
这是挑战绝望。

238

对某些人来说死亡的
打击是生命的击打(816)

对某些人来说死亡的打击是生命的击打
他们直到死去,才变得有了生气;
他们生活过,死去过,可只有
当他们死去,生命才开启。

239

你这上天的主人啊——(817)

你这上天的主人啊——
在婚姻中你被赋予——
父亲与儿子的新娘
圣灵的新婚妻子。

其他的婚约将解除——
意志的婚姻,凋枯——
只有这指环的守护者
将死亡征服——

240

宽敞造就了这张床——(829)

宽敞造就了这张床——
造就了这张床——用敬畏——
在床上等待,直到审判
打破了杰出与美。

愿这床垫笔直——
愿这枕头滚圆——
别让日出的黄色喧闹
将这领地搅乱——

241

我歌唱着去消磨这场等待(850)

我歌唱着去消磨这场等待
我的帽子只需去捆系
把我屋子的房门关闭
我便不做更多的事

直到他最高贵的步伐临近
我们便跋涉到白天
相互讲述我们怎样歌唱
以此远离黑暗。

死亡是一场对话(976)

死亡是一场对话

在精神与尘土之间。

死亡说"消失吧"——精神回答

"先生,我有另一种责任要承担"——

死亡不相信——从大地发出争辩——

精神转过身

只撂下泥土的外衣

借以做明证。

243

濒死的人很少需求,亲爱的(1026)

濒死的人很少需求,亲爱的,
一杯清水就已足够,
一朵花谦逊的面容
摇曳着点缀在墙头,

一把扇子,或,一个朋友的悔恨
以及察觉出彩虹不带有
颜色的必然性
而此时,你已经远走。

244

我从未见过荒野——（1052）

我从未见过荒野——
我从未见过海洋——
却知道石楠花的容貌
也了解翻滚的巨浪。

我从未跟上帝说话
我从未到访天堂——
但确信有这处所在
就像被多次核查一样——

245

灵魂总是仿佛驻足(1055)

灵魂总是仿佛驻足

假如上天来探究

他不会被迫等待

或因打扰她而害羞

启程,趁主人还不曾

将门栓悄悄滑落——

去找寻那位擅长社交的贵客——

她的来访者,不再有更多——

246

放下栅栏,啊,死亡——(1065)

放下栅栏,啊,死亡——

疲惫的羊群进来

他们不再叫唤

不再四处徘徊——

你的夜晚最静谧

你的羊栏最安全

离你太近了而寻不到你

你还有无法表达的和善

247

房间中的喧闹(1078)

房间中的喧闹

死亡后的清晨

在大地上制定的

劳作中最为庄重——

将心灵清扫,

又收起爱情

我们不再利用这些——

直到永恒。

248

我们在隐退中获知(1083)

我们在隐退中获知

一个存在多么宽广

最近来到我们中间——

一个冰冷的太阳

在离别时让人钟爱

这种爱双倍胜过

它曾经——从前——

呈现出的所有金色——

249

她度过的最后一个夜晚(1100)

她度过的最后一个夜晚
平淡而普通
除了濒临死亡——这对于我们
使大自然有了不同

我们注意到最细微的事物——
从前它们——好像
被我们倾斜的思想上
闪烁的辉煌之光——遗忘。

当我们在她临终的屋子
与另一些屋子之间出出进进
那些屋子中的人们明天
将活着,这成为一种罪责

其他的人们可以存在
而她必须完全告终，
有一种对她的妒羡
几乎达到无穷——

我们等待着而她走过——
这是一段狭窄的时间——
我们的灵魂拥挤着无法说话
最终有了这样的察觉。

她提起，又忘记——
然后像芦苇一样轻轻地
朝河水弯腰，没怎么颤抖——
表示赞同，死去——

而我们——我们梳理好头发——
将头颅竖立起——

然后一阵可怕的悠闲

去把信仰调整——

250

一百年之后(1147)

一百年之后
没人知道这地方
曾经上演的痛苦
宁静而安详

欢快的杂草蔓生
陌生人来此游历
拼读着死者墓碑上
孤寂的字体

夏季田野的风
回想起那条路径——
本能地拾起记忆
丢下的钥匙——

251

寂静的大街误引向（1159）

寂静的大街误引向
暂停的邻近地域——
这里没人注意——没有异议
没有天地——没有法律——

按照钟点，是清晨，
而远处的钟呼唤夜晚——
但这里时代没有根基
因为时段已经消散。

大块的云团聚集(1172)

大块的云团聚集,

北风开始疾行

森林飞驰直至跌倒

闪电像耗子般欢腾

滚滚的雷霆枪炮般炸碎

进了坟墓真够好

大自然的坏脾气来不了,

也不会有飞弹来骚扰!

253

坟茔不会因埋葬英雄（1256）

坟茔不会因埋葬英雄
而非普通人就更为显赫——
不会更靠近孩童
而远离麻木的老者——

这最迟的闲暇哄骗了
乞丐，催眠了他的女王
也抚慰这位民主作风者
享有夏日的午后时光——

254

那短暂的——潜在的扰动(1307)

那短暂的——潜在的扰动

每人只能制造一次——

如此热烈的喧闹

几乎就是结局——

这是死亡的炫耀——

啊,你不为人知的名誉

没有一名乞丐会接受

假如他有力量去唾弃——

255

回望时间,
带着慈和的目光——(1478)

回望时间,带着慈和的目光——
无疑他已使出全部力量——
多么轻柔地,颤抖的太阳
沉落下人类天性的西方——

256

当我们前行时我们从不
知道在行进——(1523)

当我们前行时我们从不知道在行进——
我们打趣儿并且关上了房门——
命运——紧跟着——在我们身后插上门闩——
于是我们不再相互攀谈搭讪——

257

死亡像一只昆虫（1716）

死亡像一只昆虫
威胁着树木，
有能力毁灭它，
也可能被它诱捕。

用香脂当诱饵，
用锯齿来寻觅，
假如它要你作代价
付出所有，就将它阻击。

如果它已潜入地穴
而技能无法到达——
扭断树木将它丢弃，
这是害虫的想法。

258

死者走过的距离(1742)

死者走过的距离
最初并没有出现——
他们的回程有可能
经过了热盼的许多年。

接着,我们步入他们的后尘
我们大多有所怀疑,
我们变得如此亲近
伴随着他们亲密的追忆。

狄金森小传

19世纪的美国是一个正处在政治、经济、文化大发展时期的国家。这一阶段的美国诗歌也正处于从欧洲文化传统中脱胎而形成自身特色的阶段，独具风格的女诗人艾米莉·狄金森（Emily Dickinson, 1830-1886）便生活于这一时期。在她平凡而幽居的一生中，她创作了近1800首诗作，虽然在当时的美国诗歌界她始终默默无闻，没有机会发出自己的声音，但她的诗却足以预示了她身后不久美国诗歌的新方向，甚至整个英语诗歌，乃至西方诗歌在20世纪的新的走向，极大地推进了英语现代诗歌的发展。正因为此，她平凡而寂静，几乎是足不出户的一生反而引起人们极大的兴趣。这位终身未嫁，一生与诗歌相恋相伴，或在茉莉花和三叶草丛中漫步，或在书房里读书赋诗，并为家人烘烤面包的女诗人，不免被人们赋予了某种神秘的色彩。

一、家 庭

1830年12月10日，艾米莉·狄金森出生在美国新英格兰地区马萨诸塞州阿默斯特小镇的一个上层家庭。阿默斯特在当时是一个只有约四五百户人家，仅三四千人口的小镇，但此地却有着良好的教育和文化环境。小镇南边是耶鲁大学，北边是达特茅茨大学。可以说阿默斯特是当时马萨诸塞州的学术重镇。

艾米莉的祖父从达特茅茨大学毕业之后回到家乡在法律界供职。他对教育事业十分热衷，于1821年创建阿默斯特学院。狄金森8岁时祖父过世。狄金森的父亲爱德华也是一位律师，他开办了自己的律师事务所，终日埋头工作。他对阿默斯特学院的事务亦非常倾心，常年担任学院的财务主管。这是一位正直清廉，生性节制，崇尚理性，对公共事务和家庭尽职尽责的男人。曾经当过国会议员。1874年在州立法机构会议上发言时突发心脏病逝世。父亲对孩子们的管教很严厉，狄金森从小对父亲有着敬畏的心理。但是，父亲受到欧洲和英语经典文学及文化的影响很深，他将这样的文化传统带入家庭中，很重视孩子们的传统文学和文化的教育。狄金森的母亲是那个时代丈夫眼里典型的好妻子，宗教观念很强，沉默寡言，对丈夫十分敬畏。

艾米莉是家中的老二。哥哥奥斯丁比她大一岁半。奥斯丁从小就表现出聪慧、敏感的天性，相貌英俊，是家中的宠儿。狄金森与哥哥的感情很深，哥哥很能懂得这位秉性独特的妹妹的内心世界，了解她的生活兴趣，并理解她特立独行的处事方式。在狄金森深居简出、拒绝与外人接触，被小镇上的人们视为"怪人"的日子里，哥哥始终尊重并保护妹妹的隐私，以免她受到伤害。兄妹二人都从小喜爱文学，热爱自然。哥哥曾经送给她朗费罗（Henry Wadsworth Longfellow）的小说《卡文纳什》（*Kavanagh*，1849），艾米莉非常喜爱这部小说。哥哥也从事法律职业，热衷小镇的建设和阿默斯特学院的发展，是学院的财务总管和教堂中的重要人物。可以说，狄金森一家三代都是这个小镇和阿默斯特学院事务中举足轻重的人物。

奥斯丁在哈佛大学读书时爱上了苏珊·吉尔伯特，并于1856年和苏珊结婚。苏珊与艾米莉曾是阿默斯特学校的同窗好友，两人的关系非常亲密，有很多书信来往。艾米莉的第一首诗就是写给苏珊的，她觉得在家中只有苏珊能够理解她的诗歌，在这一点上，她们产生了强烈的共鸣。苏珊在艾米莉的诗歌创作方面给予很大的支持。与奥斯丁结婚之后，苏珊与艾米莉仍然保持着很亲密的关系。苏珊与奥斯丁育有三个孩子，孩子们对这位一生葆有着童真和孩子般天性的姑姑非常信任。艾米莉常常和孩子们一起玩耍、游戏、谈话，孩子们给她带来了巨大的快乐。

妹妹拉维尼亚比艾米莉小两岁，她机灵、活泼，与艾米莉一样终身未嫁，是家里的总管。父亲去世之后，家里的一切均由妹妹处理。艾米莉去世之后，妹妹发现了她大量的诗作手稿和书信，她协助出版社整理出版了艾米莉的诗作。

二、早年生活和教育

尽管艾米莉在成年之后被认为是生性怪癖、难以接近的"白衣修女",但小时候的她性格活泼机智,很有幽默感,有着那个年龄的孩子好幻想的天性,而且乖巧懂事,很小就表现出对音乐的喜爱。很快,家人和老师们就发现了她驾驭语言的能力,会编故事,能言善辩,并且有着超常的想象力。

艾米莉从小受到很正规的教育,父亲即便外出公务缠身也会时常督促孩子们的学习。她先是在普利森特大街小学就读。1840年7月,艾米莉和妹妹一起进入阿默斯特学校读书,并在这所学校度过了7年的时光。学习的课程包括英文、《圣经》、古典文学、拉丁语、植物学、地质学、历史、哲学、算术,等等。老师认为她非常聪明机敏,很好学,是优等生。虽然由于身体的原因,她没能一直坚持在学校上课,而且学校的课程也非常紧张,但是她很喜欢学校的生活。在学校里,她结识了不少要好的伙伴,她们有些和她保持了终生的通信来往,后来成为她嫂子的苏珊更是她一生的密友。

1847年艾米莉从阿默斯特学校毕业。这年秋天,父亲送她去距离阿默斯特16公里远的南哈特利的芒特·霍利约克女子学院。这所学院始建于1837年,一些学生毕业后嫁给出国传道的牧师。尽管这不是一所专门的神学院,但学院要求学生们参加教堂的活动,每天都要做祷告,圣诞节要禁食。初到学院时,艾米莉很想家,但她还是逐渐进入了学习的佳境，成绩很好。然而，她最终只坚持了十个月就返回家中。或许是身体状况不佳，她难以坚持在那里的学习，但学院里刻板的生活，老师们机械的教学方式应该是她不愿继续这里的学习，决定返回家中的主要原因。她甚至无视校规，拒绝祈祷思过。艾米莉小时候身体并不好，时常生病。这一时期她患上了严重的咳嗽，痊愈之后，父亲也不愿再让她返回学院上学。于是，她就乐得在家中给大家烘烤面包。

不久，艾米莉又返回阿默斯特学校，和同学们一起编辑一份报纸《森林之叶》。

由于体弱多病，加之身旁一些亲人或朋友的过世，艾米莉小时常常感受到死亡的临近和威胁，有时心情笼罩在忧郁之中，生病时尤其敏感。19世纪中叶，阿默斯特小镇有着浓厚的清教主义氛围和超验主义色彩，宗教活动十分频繁。有一段时间，艾米莉也和大家一起上教堂、听布道、做祷告。但几年之后，她就不再参加这些宗教活动，对宗教的情感，她始终处于矛盾的心情之中。她更乐于在内心中与上帝进行交流和对话，她说，"我只有在感觉到我找到了上帝的短暂时刻才享有无比的宁静和欢乐"，而"最大的快乐来自于与上帝的独自交流并能感受到他会聆听我的祈祷"。

艾米莉的早年生活是快乐的。大多数时候，她与一般的孩子有着同样的生活乐趣，好结交朋友且活泼开朗，并时常参加一些家庭聚会和当地的社交活动。

三、友人、导师

艾米莉·狄金森从小受到良好的教育，这使她很早就接触了欧洲文学，她喜爱莎士比亚、英国浪漫主义诗人、勃朗特姐妹、布朗宁夫妇等人的作品，这些都曾经影响到她的创作。她虽然终身未嫁，但这并不等于她未曾经历过感情生活。事实上，她的一生中曾经有过几位影响过她的文学爱好、创作生涯和情感生活的朋友或导师。这些人曾经走进了她平凡的生活，也丰富了她极不寻常的内心世界。在她深居简出，过起"隐居"的生活之后，她与外界的联系也基本上通过与他们的通信交往而获得。

1847年，艾米莉父亲的律师事务所来了一位年轻人牛顿（Benjamin Franklin Newton），他在事务所中学习法律，很快就成为狄金森家中的常客。艾米莉对这位年长她9岁的年轻人十分崇拜，很有好感。牛顿介绍艾米莉阅读华兹华斯和爱默生的作品，也介绍她看一些当时流行的文学读物。从纽约来的时候，牛顿曾经给艾米莉带来柴尔德夫人的《纽约信札》作为礼物送给她。柴尔德夫人（Lydia Maria Francis Child）是当时很有影响的女作家，也是废奴主义者和女权主义者。牛顿和艾米莉还一起讨论过她的作品。狄金森后来在1862年写道："还是个小女孩的时候，我有过一个朋友，他教给我不朽——但他自己太接近于不朽——再也没能返回"，这位朋友指的就是牛顿。牛顿的出现打开了当时还是少女的艾米莉的心扉。他读过艾米莉的诗作，发现她有很高的诗歌天分，鼓励她进行诗歌写作,并相信她能够成功,成为真正的诗人。1849年,牛顿回到故乡自己开业,此后他一直与艾米莉保持通信联系,并寄赠爱默生的诗集给她。1851年,牛顿结婚,一年多之后即病逝。

1855年,艾米莉和母亲、妹妹出了一次远门,这是她平生很少有的远游之一。她们在华盛顿停留了三周,然后去了费城,在费城逗留了两个星期。在费城期间,她遇到了查尔斯·瓦兹沃斯(Charles Wadsworth),他们之间长久的友谊和情感一直延续到1882年。瓦兹沃斯是费城拱街长老会教堂一位谦和的牧师,待人友善,严厉中不乏宽仁,幽默风趣,他的布道生动新鲜,在当地很有名望。瓦兹沃斯年长狄金森16岁,家庭美满。他一生与狄金森不过见面仅三次,1855年的首次见面之后,他于1860年来到阿默斯特去看望狄金森,1862年,他迁往加州,与狄金森远隔千里。这一年也是狄金森写诗最多的一年。1880年,他再次来到阿默斯特看望狄金森。一直到1882年他过世时,两人一直保持着通信联系。然而他们之间的通信大部分已经无处找寻。瓦兹沃斯的出现影响了狄金森的后半生,他的人格和处世之道深深地影响并吸引着狄金森。这位牧师也在一定程度上改变了狄金森对基督教的看法,尽管她从未皈依基督教或任何宗教。他是狄金森的一个情感支柱和精神导师,也是狄金森精神爱恋的对象。狄金森称他为"我的费城"、"我的牧师"、"我的牧羊人"、"我的世间的朋友"等。有评论家认为,瓦兹沃斯远去加州,狄金森对他的无法实现的感情,或许是更坚定了狄金森选择隐居生活的一个因素。

1850年代中,她结识了《斯普林菲尔德共和日报》(*Springfield*

Republican）的主编鲍尔斯（Samuel Bowles）和他的妻子。鲍尔斯是狄金森父亲的朋友，当时经常造访狄金森的家。这段友情，或许是一种单相思式的恋情，大大激发了她的创作。鲍尔斯在他主编的日报上曾发表过狄金森的6首诗作。诗作并未署名，且改动不少，发表时也未征得狄金森的同意。这些诗中有日后广为流传的《一个细长的家伙》。狄金森和鲍尔斯夫妇的通信长达20年。现存30多封信，并有50首狄金森给鲍尔斯的诗作。

1862年，狄金森结识了文学批评家希金森（Thomas Wentworth Higginson）。她拜读了希金森当年4月在《大西洋月刊》上发表的文章，便写信给希金森，向他询问对自己诗作的看法，问他：她的诗是否是"活着的"，并随信寄去了她的四首诗作。狄金森希望和希金森结识，说明她或许心存希望，期盼自己的诗作有出版的可能。希金森和当时许多著名作家有交情，在波士顿也很有名望。希金森收到了狄金森的信和诗作，对诗作有所肯定，但是希金森建议她不要急于发表这些诗作，并鼓励她写出更长一些的诗作来。狄金森回复他说，自己并未打算出版这些诗作，且流露出她孤独的秉性和对自然的热爱。希金森当时对诗歌的评判并没有摆脱世俗的影响，因而，他不可能真正认识到狄金森诗歌的独特魅力和艺术价值。1868年希金森曾经邀请艾米莉去波士顿见面，艾米莉婉拒了，直到1870年希金森去阿默斯特，他们才初次见面，狄金森待人接物的行事方式和不合时宜的写作风格令他感到不解。他曾回忆说，这是"一个朴素的小妇人，梳着两绺平滑的红发——"他感到"从没有人这样将我的勇气耗尽。还未曾触及她，她就将我吸引住了。我很庆幸我住得离她相距遥远。"他曾经善意地提出希望狄金森改变一下诗风,被狄金森委婉地拒绝了。尽管如此,狄金森却很珍视她与希金森的交往。多年之后,狄金森对他说,他对这些诗作的兴趣曾给予了她莫大的鼓舞。他们的通信一直保持到她去世为止。希金森的主张体现了当时文学的主流倾向。狄金森和他的通信使狄金森能够了解到外面的世界和当时文学界的动向,因而,她虽然闭门不出,却也能知晓当时的文学潮流。与此同时,她始终坚定地保持自己的写作风格。狄金森逝世之后希金森与拉维尼亚和梅布尔一道整理出版了她的诗作。

1872年。罗德法官(Ottis Phillips Lord)与狄金森相识并走进了她的生活。罗德是狄金森父亲的密友,也是狄金森的忘年交,比艾米莉大18岁。他曾经在马萨诸塞州立法机构及参议院就职。为当地最高法院的法官,享有很高声望。罗德妻子在世时夫妇俩人常去狄金森家做客。罗德的思想和气度与瓦兹沃斯有些相像,狄金森和他之间的感情一度发展成爱情,但他们之间并没有那种强烈的情感震荡。他们有着对莎士比亚的共同爱好,常常以此为话题进行交谈,罗德还送给艾米莉莎翁的作品集。1877年,罗德妻子亡故。当罗德向她提出请求她接受这份情感时,狄金森拒绝了他。或许她对罗德需要的只是慈父一般的爱,或精神的爱,或许是因为艾米莉需要终日照顾卧病在床的母亲,无暇顾及其他。1882年,罗德病倒了,并于1884年故去。

此外,狄金森的朋友还有《斯普林菲尔德共和日报》编辑霍兰(Joseph Gilbert Holland)和他的妻子,狄金森与瓦兹沃斯的通信都是由霍兰传递。还有她在阿默斯特学校的同窗好友,后来的知名作家海伦(Helen Hunt Jackson),等等……

艾米莉·狄金森曾经渴求过爱情,在感情生活方面是丰富而敏感的,在文学圈子的交往方面她也并非完全与世隔绝,她不仅阅读当时的报纸和杂志,而且与朋友的通信交往非常频繁。然而,她最终把这种感情的渴求留给了自己的内心,奉献给了诗歌,只在自己的理想中、心底里和诗作中表露出她炽热而强烈的情绪。

四、深居简出的"白衣女子"、诗歌与晚年生活

自1855年起,艾米莉与外界的接触就开始逐渐减少。1866年之后,她的创作量也开始锐减。这期间,她心爱的小狗,陪伴了她16年的卡洛死去,令她伤心不已,此后她再没有养过小动物。1867年,她已经很少下楼,终日在自己二楼的房间里埋头读书写诗或做针线活。她很少与人交谈,很少出门,有时和人谈话也是隔着窗子,而不是面对面的谈话。有人偶尔见到她时,她总是终日身着一袭白色的衣衫,因而,她被人们称作阿默斯特的"白衣女子"。在她一生中的最后15年,她一直足不出户,当地人很少见到过她。她仅偶尔在家里接待过最为亲密的远道而来的朋友。

哥哥奥斯丁与苏珊结婚之后父亲为他们在家里的老宅旁边建造了一桩新居——"常青宅"(Evergreen),夫妇俩一直与艾米莉姊妹和父母一家人住在一起。奥斯丁一直要家人保护艾米莉的隐私,不让她受外人的议论。但在这段时期内,通过她与外界大量的

信件交往和便条可以看出，她与外界的联系并没有完全断绝。如果家里有客人来造访或是来奥斯丁家做客，艾米莉常打发人送去诗、鲜花等作为礼物。1881年，阿默斯特学院来了一对夫妇，天文学教授托德（David Peck Todd）和他的妻子梅布尔（Mabel Loomis Todd）。夫妇俩时常来狄金森家里做客。梅布尔年轻、漂亮、聪慧、热情，有文学才华，弹一手好钢琴。当他们来家里时，艾米莉总叫人送去一些小礼物表示对他们的欢迎，自己静静地坐在房间里听梅布尔弹琴。然而，梅布尔却从未真正见到过艾米莉。在梅布尔给父母的书信中，她称艾米莉为"谜一样的人"、"古怪的人"。

艾米莉永远都是孩子们的好朋友，无论是和她的侄子侄女还是和朋友们或邻居们的孩子，她都和他们亲密无间，总是支持孩子们的一切。奥斯丁和苏珊的第二个孩子玛蒂（Martie）回忆说："艾米莉姑姑总是站在那里沉思。"他们最小的儿子吉尔伯特于1882年不幸夭亡，这使艾米莉备受打击，这是她最为疼爱的孩子。虽然她从不让人进入她的房间，但她却不拒绝孩子。她有时会让孩子们去她的房间并送些糖果或小玩意给他们。据说，她还会把糖果糕点等放在小篮子里，从她房间的窗子吊下去送给孩子们。她喜欢孩子。

艾米莉在世时人们很少知道她写诗，甚至家里的人，包括妹妹拉维尼亚也对她写诗一事不曾知晓。人们见到的倒是一位园艺家，艾米莉9岁就在学校学习园艺，在家中的老宅周围的花园中到处种植着各色鲜花和植物。她常常和妹妹一起侍弄这些花儿和植物。艾米莉曾经收集了多种植物标本和鲜花的品种，并用非常专业的博物学家的分类法对它们进行分类。她的诗中和信里常常会提到各种花卉和植物。老宅的花园给她提供了认识自然和接触自然的绝好环境,她常常在那里独步行走,沉吟思索。

艾米莉·狄金森的诗歌创作大致可以分为三个阶段,1861年之前,她的诗风较为清新,有着较强的传统气息,流露出感伤的情调,描绘自然和生活的作品较多。1861-1865年是她的创作高峰期,诗作充满了活力,诗中的感情起伏跌宕,强烈而富有张力,有些也比较晦涩难解。根据1955年约翰孙编辑出版的《艾米莉·狄金森诗全集》的统计,1861年她写了86首诗,而1862年一年之内,她就创作了366首诗作,1863年她写了141首,1864年写了174首,以后便逐渐减少了,诗中的情绪也渐趋平静。这一时期的作品关注生命和死亡主题的较多。1866年之后,她的创作开始较为明显地减少了。1880年之后,她已经很少创作。

1874年,艾米莉的父亲病故。次年,母亲中风,瘫痪在床,身体状况每况愈下,记忆力部分丧失。艾米莉终日照料在床边,心情沉郁而悲哀。1882年,母亲去世。同年,瓦兹沃斯病故;两年之后,罗德也故去。死亡一个接着一个,家中又发生变故。1882年,奥斯丁被梅布尔的美貌、热情与才华深深吸引并爱上了她,这使他逐渐疏远了苏珊,苏珊悲哀得病倒了。对于艾米莉来说,这个时期日子的艰难是可想而知的。1884年,艾米莉也病倒了,身体越来越虚弱。1886年5月,这位深居简出,谜一样的奇特女诗人终因身患肾病而离开了人世,走完了她55岁的人生。在她的葬礼上,希金森朗诵了她生前十分喜爱的艾米莉·勃朗特的诗作《我的灵魂不是懦夫》("No Coward Soul Is Mine")。艾米莉·狄金森给后世留下了近1800首撞击人们心灵的诗作和说不尽的诗歌与人生话题。

五、诗集的出版

艾米莉生前曾经嘱托妹妹拉维尼亚在她死后将她的书信焚毁，但是她并没有提及在她卧室柜子下面的一个小木箱子。拉维尼亚在这个小箱子里发现了姐姐的大量诗作。其中有艾米莉自己编辑的40本小册子，共收入了800多首诗，还有300多首准备装订成册的诗作。此外还有大量未经整理的诗作草稿。可以看出，狄金森可能有过想出版这些诗集的念头。艾米莉在世时她的诗作仅有几首在报纸或杂志上发表过。其中，在1856至1862年间，鲍尔斯曾在《斯普林菲尔德共和日报》上匿名发表过她的几首诗作，这些诗作均被冠之以标题并做了改动。此外，她的诗作还出现在《鼓声》（*Drum Beat*）和《布鲁克林联合日报》（*Brooklyn Daily Union*）上。1870年，希金森把她的诗拿给当时已在出版界有些声望的海伦，海伦很赏识狄金森的才华，在诗集《诗人的假面舞剧》（*A Masque of Poets*）中匿名收入了艾米莉的《成功》一诗。此后，人们再未见到艾米莉公开发表过诗。

拉维尼亚决心出版这些诗作。她将这些诗稿交给了苏珊、梅布尔和希金森。梅布尔虽然未曾与艾米莉谋面，但在读过这些诗作之后对这位神秘女子的才气十分钦佩。她帮助整理了这些诗稿，并与希金森一起于1890年出版了艾米莉·狄金森的第一卷《诗集》。《诗集》中的作品加了标点，改动了大小写，以便使诗作对当时的读者来说更加清晰易懂。这卷《诗集》收入诗作115首,获得了成功,两年之内印了11版。第二卷《诗集》于1891年出版,到1893年印了五版。1896年,又出版了《诗集》的第三卷。这些诗作的出版在文学界引起了轰动,影响广泛。尤其是在20世纪早期,英美现代主义文学开始确立,诗歌美学和创作方式都开辟了新的方向,狄金森的诗歌终于获得了广泛赞誉,并推动了现代主义诗歌的发展。1914至1945年间,狄金森的诗,包括已经出版过的和以前从未面世的新作共出版过12个版本。苏珊和奥斯丁的女儿、艾米莉的侄女玛莎和梅布尔的女儿米莉森特分别根据她们手中所拥有的狄金森诗作手稿出版了这些诗作。于是,有些相同的诗作经过整理后再出版时则呈现出了不同的面貌。

1955年,由托马斯·约翰孙(Thomas H. Johnson)根据艾米莉·狄金森的手稿编辑出版了至今被认为是权威版本的三卷本《艾米莉·狄金森诗全集》。约翰孙首次将狄金森的1775首诗作全部收入该全集之中,并尽力保持狄金森手稿的原样不予改动,比如,所有诗作均未加标题,只有序号,标点符号保留了原来的小横杠,以及手稿中原有的不规则的大、小写字母、省略号等等,以使得读者能够看到诗人的诗作原貌。三年之后,约翰孙与瓦德(Theodora Ward)共同编辑出版了三卷本的《狄金森书信集》。1981年,《狄金森手稿》由富兰克林(Ralph W. Franklin)编辑出版,人们因此能看到狄金森诗作的最初原样。

在文学史上,惠特曼(Walt Whitman, 1819-1892)和狄金森并列成为19世纪美国的两大代表性诗人。惠特曼的声望先行,狄金森的声誉虽然迟缓，但如今已后来居上。对20世纪的英美诗歌特别是现代主义诗歌的影响，狄金森也超过了惠特曼。

自狄金森的诗作和书信作品出版问世以来，人们对她的研究、讨论、分析、翻译等从未中断过。喜爱她作品的人越来越多，人们逐渐能以各自的方式去理解那些引人思考、令人心灵震颤的诗篇。即便它们还不能完全得到明白晓畅的阐释，但正因为它们是那样的灵动、飘渺、神秘，那样的令人琢磨不透，它们才带给人们以诗的无限美感和无穷魅力。在经历了一个多世纪的历史洗刷之后，狄金森的诗已经走进今天广大读者的心中。

译 者
2013年5月